Misterio en Venecia

Misterio en Venecia

Ana García-Siñeriz

Jordi Labanda

 DESTINO

DESTINO INFANTIL Y JUVENIL, 2014
infoinfantilyjuvenil@planeta.es
www.planetadelibrosinfantilyjuvenil.com
www.planetadelibros.com
Editado por Editorial Planeta S. A.

© del texto: Ana García Siñeriz, 2014
© de las ilustraciones de cubierta e interior: Jordi Labanda, 2014
© Editorial Planeta S. A., 2014
Avda. Diagonal, 662-664, 08034 Barcelona
Primera edición: noviembre de 2014
ISBN: 978-84-08-13383-4
Depósito legal: B. 21.521-2014
Impreso por Cayfosa
Impreso en España – Printed in Spain

El papel utilizado para la impresión de este libro es cien por cien libre de cloro
y está calificado como papel ecológico.

Este libro es de

....

Lo leí el ....de ....de ....

en ....

Me lo regaló ....

Cuando lo termines, elige una casilla:

☐ ¡Chulísimo! ¡Genial! ¡Me chifla!
(Ésta **ES** la buena.)

☐ Interesante, ¡ejem!
(Esto es lo que diría un crítico sesudo.)

☐ Me falta algo.
(Eso es que te has saltado páginas.)

☐ Para dar mi opinión, tendría que leerlo de nuevo.
(Buena idea. Empieza otra vez.)

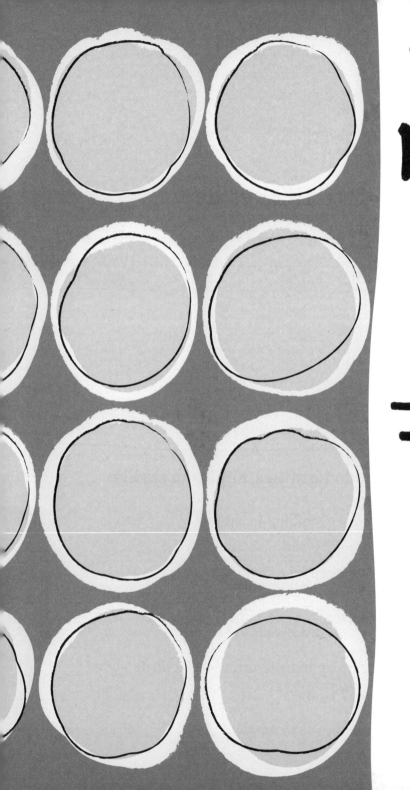

Hola, por Zoé.

¿Te gusta mi nombre?

A mí, sólo a veces. En mi colegio me llaman **«zo-penca»** y **«zo-zo-zo-zombie»**. Muy originales, ¿verdad?

Si vamos a conocernos, mejor que me presente...

A veces saco *malas* notas. Y mi profesora se queja de que me distraigo con el vuelo de una mosca, pero es que me aburro en clase. Y es que

¿quién no se ABURRE allí?

7

Mi familia

mi madre →

mi hermano Nicolás

Mi familia es algo especial.

Mis padres viven en **DOS** casas en **DOS** países diferentes,
y tengo una hermana a la que sólo veo de vez en cuando...
¡increíble!, ¿no? ¡Bueno! Ya te hablaré de ellos con
detalle *más* adelante.

Para empezar, te presento a mis amigos. ¡Juntos nos lo
pasamos GENIAL!

Somos La Banda de Zoé.

Y si quieres, tú también puedes formar parte de nuestra
banda, ¿eh?

Álex

Álex es nuestra especialista en todo lo que tenga que enchufarse...

¡es una *crack*!

Se llama Alexandra pero prefiere que la llamen Álex.

La conocí el primer día de clase. Me defendió en el patio del colegio y desde entonces somos

¡INSEPARABLES!

Le vuelven loca:

Las películas de aventuras, los cachivaches tecnológicos y los ordenadores.

Los pasteles y las chucherías... **¡es MUY golosa!**

No soporta:

Las faldas, las muñecas, la laca de uñas ni nada que sea de color ROSA.

De mayor:

Quiere ser campeona de Fórmula 1.
O astronauta.
O campeona de...

¡es incapaz de elegir!

Ésta es Álex

Liseta

Liseta es genial para los casos que necesitan de un poco de *intuición* femenina. ¡Ella la tiene toda!

Y además, en su bolso es capaz de encontrar lo que necesitemos en cada momento...
¡parece MÁGICO!

Le chifla:

¡La moda! Y *maquillarse* con las pinturas de su madre.

Aunque es guapísima y su pelo es rizado y precioso, solo sueña con una cosa: tener el pelo LISO.

Detesta:

Hacer deporte, correr, sudar, despeinarse; que Álex le tome el pelo (y más si acaba de salir de la peluquería.)

Marc

Marc es el *único* chico de nuestra pandilla.

En seguida se le ponen las orejas tan **ROJAS** como dos pimientos. Es muy inteligente. Tanto, que se hace el tonto para que no le llamen empollón. ¿Tú lo entiendes? Sus padres *tampoco* (sobre todo, cuando le dan las notas... **¡Uuuuuy!**).

Éste es Marc

Le encanta:

Aprender, leer, saber...

Odia:

Marc no odia nada.
Pero parece que a él le odien
los lácteos, el gluten,
los perfumes, el chocolate...

¡es ALÉRGICO
a casi todo!

De mayor:

Quiere ser **ESCRITOR**.
Por eso acarrea una
mochila con libros que
nos ayudan en nuestras
aventuras.

Kira

Y *Kira* es mi *queridísima* perrita y miembro honorífico de La Banda de Zoë.

Parece un Labrador pero no es de raza pura. Amanda, la exnovia de mi padre, la llama **"CHUCHUS CALLEJERUS PULGOSUS"**. (Luego hablaré de Amanda... ¡uf!)

¡Ésta es KIRA!

Sus hobbies:

Perseguir a *Nails*,
el gato de Amanda.

¡Ah! y robar las chuletas
de ternera en cuanto se
descuida mamá.

Está en contra de:

Los perritos calientes
(por *solidaridad* perruna).

Y de que mamá la meta en la
bañera. Por eso, no la bañamos
muy a menudo. Mamá dice que
es una perra ecológica porque
es de *bajo mantenimiento*,
como su coche.

Y yo,
que soy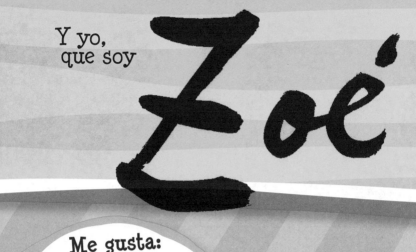
Zoé

Me gusta:

Resolver misterios con
la Banda, los *pasteles* de
chocolate, abrir antes que
mi hermano el paquete de
cereales para quedarme con
el regalo, je, je...

**¡y pisar los *charcos*
sin mojarme los
calcetines!**

No me gusta:

Cortarme las *uñas* de los pies
(¡qué grima!), el pescado
con espinas, los domingos
por la tarde, ¡ni que se rompa
la mina en el *sacapuntas*
cuando afilas un lápiz!

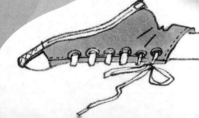

Vivo en las *afueras* de una ciudad con mi madre y Nicolás, mi hermano pequeño; **un *pesado***.

Mamá es muy buena y nos quiere mucho. Trabaja en una organización que recoge perros abandonados (así encontramos a *Kira* cuando era un cachorro).
Y por eso nuestra casa está *llena* de animales. Y al lugar en el que me reúno con mis amigos lo llamamos **«el gallinero»**.

Y para entender a mi familia se necesita un árbol genealógico, por lo menos...

La Banda de Zoé
somos Álex, Liseta, Marc y yo.
(Bueno, y *Kira*...)

Siempre nos reunimos en el gallinero (bueno, y merendamos, ya de paso, je je). Marc es el encargado de escribir el MANUAL DEL AGENTE SECRETO PARA PRINCIPIANTES, un tocho en el que viene todo lo necesario para resolver casos... con éxito. ¡Y a este paso va a ser una enciclopedia!

Cada vez vivimos una aventura diferente, en un lugar del mundo; gracias a que papá nos echa una mano con los viajes, o a los trucos que se inventa Álex, o a la buena suerte que siempre nos acompaña. ¡Uf, menos mal!

Y esta vez, todo ocurrió en Venecia: la ciudad de los canales y las góndolas, pero también de las estrellas de cine, los DJ supermegamodernos y hasta un señor que da más miedo que Liseta en las rebajas.

¡Venga, léetelo ya!

Matilde hace las maletas

Me chifla hacer maletas y me chifla mi hermana Matilde, pero si hay algo que no me gusta nada es... Matilde haciendo sus maletas.

¡Eso significa que se va!

Aunque sea sólo unos días me encanta que se quede con nosotros en casa.

Pues sí, a punto de empezar las vacaciones del trimestre, Matilde hacía las maletas. Y eso, siempre me pone muy triste.

—No pongas esa cara —me regañó cariñosamente mi hermana—. No me voy para siempre. Y además, estaré en Venecia. Me verás en la tele, porque seguro que hacen reportajes de la película... **¡Estarán sus protagonistas George Looney y Angelina Glamour!**

—**¡Ya!** —exclamé—. Eso le emociona a Liseta, no a mí. Y verte por la tele no es lo mismo que desayunar contigo y perseguir a las gallinas... o que ellas nos persigan a nosotras.

—Ya, Zoé, pero nos han invitado a Paul y a mí al festival —Matilde se refería al Festival de Cine de Venecia—. Todas las estrellas estarán allí: Angelina Glamour, George Looney; en fin, que nosotros también tenemos que estar. Lo comprendes, ¿verdad?

Sí, lo entendía... pero, **¡qué rabia!** Me apoyé en el brazo, encima de la cama, y miré para otro lado. ¡No quería que me viera la cara! Estaba a punto de llorar. Habíamos planeado pasar aquellas vacaciones juntas, y lo estropeaba todo un festival de cine lleno de actores famosos en una ciudad que se iba hundiendo poco a poco en una laguna.

—¡Venga! —exclamó Matilde—. Anímate y te traeré un recuerdo de Venecia —dijo para hacerme sonreír—. ¿Qué quieres?

—¡Una góndola! —dije riéndome—. Pero quiero manejarla yo.

—¡Eso está hecho! —Matilde cerró la maleta y salimos de la habitación.

Mamá estaba en el huerto y nos hicieron señas de que fuéramos para allá. A mamá le gusta que comamos sano y por eso cultiva coles, espinacas, acelgas y otras verduras que a Nic... le hacen gritar. ¡Viva el colesterol! Pero a mí me encantan. Y a Matilde no digamos: come zanahorias crudas a más velocidad que nuestro conejo, *Orejitas*.

—Ya lo tengo todo preparado —le anunció Matilde a mamá, apoyándose en la valla.

Y de repente...

¡MAMÁ! ¡ZOÉ! ¡MATILDE!

Era la voz de Nic y sonaba como veinte terremotos juntos. ¿Qué querría?

¡VENIDAQUÍINMEDIATAMENTEAMANDAR
DESAPARECIDOYNADIESABEDÓNDEESTÁ

Es todo un especialista en la frasesinrespiración. ¿Había oído bien que Amanda había desaparecido y nadie sabía dónde estaba?

¡QUEOSDEISPRISADEUNAVEZ!

Mamá, Matilde y yo dejamos las palas, los rabanitos y un pájaro que estaba picoteando los albaricoques maduros, y corrimos hacia el cuarto de la tele. Nic estaba de pie, señalando el televisor (por cierto, a todo volumen). En la pantalla se veía un palacio imponente en el GRAN CANAL DE VENECIA. La voz del locutor narraba los hechos:

AMANDA SIGARET

TW | ÚLTIMA HORA: DIRECTO DESDE VENECIA

«La historia se repite una vez más. ¿O deberíamos decir la maldición? Se ha cumplido el terrible destino del Palazzo Negri, protagonista de una de las leyendas más conocidas de Venecia: una nueva ocupante ha desaparecido sin dejar rastro; bueno, algún rastro sí que ha dejado...».

Entonces, en la tele salió una señora, que debía de ser la vecina de Amanda, y dijo:

«¡Uf!, cada vez que salía de casa se enteraba todo el barrio. La signora Amanda es muy aficionada al perfume, y dejaba la escalera, y todo, vamos, ¡apestando! A perfume, ¿eh?».

Por una vez, mamá y Matilde seguían la historia con el mismo interés que yo. El locutor siguió con la narración:

«El palacio siempre ha sido una de las mayores atracciones de Venecia, aunque últimamente las visitas se habían reducido mucho. Ahora, con esta desaparición, volverá a haber colas en la entrada para ver al fantasma de Serena».

¡Amanda, desaparecida por culpa de un fantasma de más quinientos años! Y no me alegraba nada. Al contrario...

¡Teníamos que encontrarla!

¡Oh! SOLE MÍO
EDICIÓN VENECIA

Angelina Glamour

Todo está preparado en la ciudad de los canales para la llegada al festival de cine de las estrellas del momento: Matilde y Paul.

Sus anfitriones son la pareja más atractiva del cine: **Angelina GLAMOUR** y George **LOONEY**, protagonistas del rodaje más esperado de los últimos lustros: *Misterio en Venecia*, una película basada en la verdadera historia del fantasma de **Serena**, el Palazzo Negri y la maldición que acompaña a sus habitantes... ¡QUÉ MIEDI, ¿NO?!

EL FESTIVAL DE CINE CON MÁS «GLAMOUR»

Hay bofetadas para hacerse con el papel de **Serena** pero **Miss Glamour** tiene todas las papeletas, je je, ¡y el número ganador!

Viajes culturales LBDZ

Matilde se había quedado
sin habla; al igual que mamá,
y **¡milagro!** mi hermanito,
alias el plasta, Nic.

—¡Amanda ha desaparecido! ¡Bien! —exclamó Nic, saltando del sofá.

—Calla, bocazas —le dije—, bien, no; ¡**Mal!** Una cosa es que Amanda nos caiga **FATAL** y otra que nos alegremos de que desaparezca. ¡No somos tan rastreros!

Mamá me miró con cara de media aprobación.

—¡Zoé! —me reprendió—. No nos cae fatal.

—Sólo un poquito —se atrevió a decir Matilde.

—Y no llames bocazas a tu hermano —añadió mamá—; es muy feo.

¡**Vale!** No nos caía fatal. Pero a mí sí me caía fatal. Aun así, tenía que ir a buscar a la banda para inventarnos un plan y encontrarla. ¡Era nuestra Amanda, aunque nos cayera fatal! (a Álex, a Marc, a Liseta, a *Kira* y a mí), y que nadie se atreviera a hacerla desaparecer.

Entonces...

—¡**ZOÉ**!

Eran mis amigos: Marc, Álex, Liseta... y *Kira* entraron corriendo en el salón de la tele.

—¿**HAS VISTO LO DE AMANDA**? ¡**QUÉ FUERTE**!

Mamá nos miró vigilante, no fuera alguien a hacer un comentario fuera de lugar. Pero esta vez, ni siquiera Álex metió la pata.

—Y qué casualidad, justo cuando Matilde tiene las maletas listas para marcharse a Venecia —dijo.

Matilde me echó una miradita cómplice y me guiñó el ojo
como sólo ella sabe hacerlo. Es como un guiño, pero sin
guiñar; como si le brillaran tanto sus azules ojos que los
guiñara en clave. Y yo sé lo que significa.

—Mamá —empecé—, nosotros...

Por un momento dudé si contárselo todo a mamá: lo de nuestras, ejem, aventuras resolviendo casos y deshaciendo líos (bueno, tengo que reconocer que a veces los líos, más que deshacerlos, los montamos nosotros). Pero entonces, abrió la boca mi hermano Nic y me sacó de dudas.

—ZOÉ: PÍA Y MÍA HAN DESAPARECIDO PORQUE HAS VUELTO A OLVIDARTE DE DAR DE COMER A LAS GALLINAS; DEBEN DE ESTÁN PIANDO POR AHÍ HAMBRIENTAS MIENTRAS TÚ TE DIVIERTES CON TUS AMIGUITOS EN EL GALLINERO, ¡JA!

¡Glups!

Si las pobres *Pía* y *Mía* desaparecían por mi culpa, cómo iba a pedirle a mamá que confiara en mí para conseguir que apareciera Amanda... Entonces, lo arregló Matilde.

—Estaba pensando... —dijo, dirigiéndose a mamá —que es una pena no aprovechar estas vacaciones para hacer una pequeña salida cultural en Venecia...

Álex, Marc, Liseta y yo (y *Kira*) escuchamos a Matilde ansiosos. ¿Iba a proponer lo que creíamos que iba a proponer?

—Me han dado una habitación enooooorme en el hotel, en la que yo creo que cabríamos todos.

Kira aulló débilmente esperando que en aquel hotel de la habitación enorme fueran amables con los seres peludos y de cuatro patas y también admitieran perros.

—¡Sí, *Kira*! Es un hotel de los buenos: de los que admiten perros, je je —dijo—. Y hay tanto que ver en Venecia... la colección Guggenheim, los canales, y las antiguas iglesias, y los cuadros...

Nic empezaba a poner su cara de «sea lo que sea, si va Zoé, yo también me apunto, aunque odie poner los pies en un museo»; y mamá la suya de «esto parece interesante pero a ver si los dejo ir o digo que lo hablamos luego».

¡Y a nosotros iba a darnos un ataque!

—Vamos, que, por mí, podrían venirse conmigo y hacer un bonito viaje cultural a Venecia, ¿cómo lo veis?

Nosotros lo veíamos clarísimo. Y además, estábamos de vacaciones. **¡No había excusas!**

Ahora, quien tenía que verlo claro era...

¡MAMÁ!

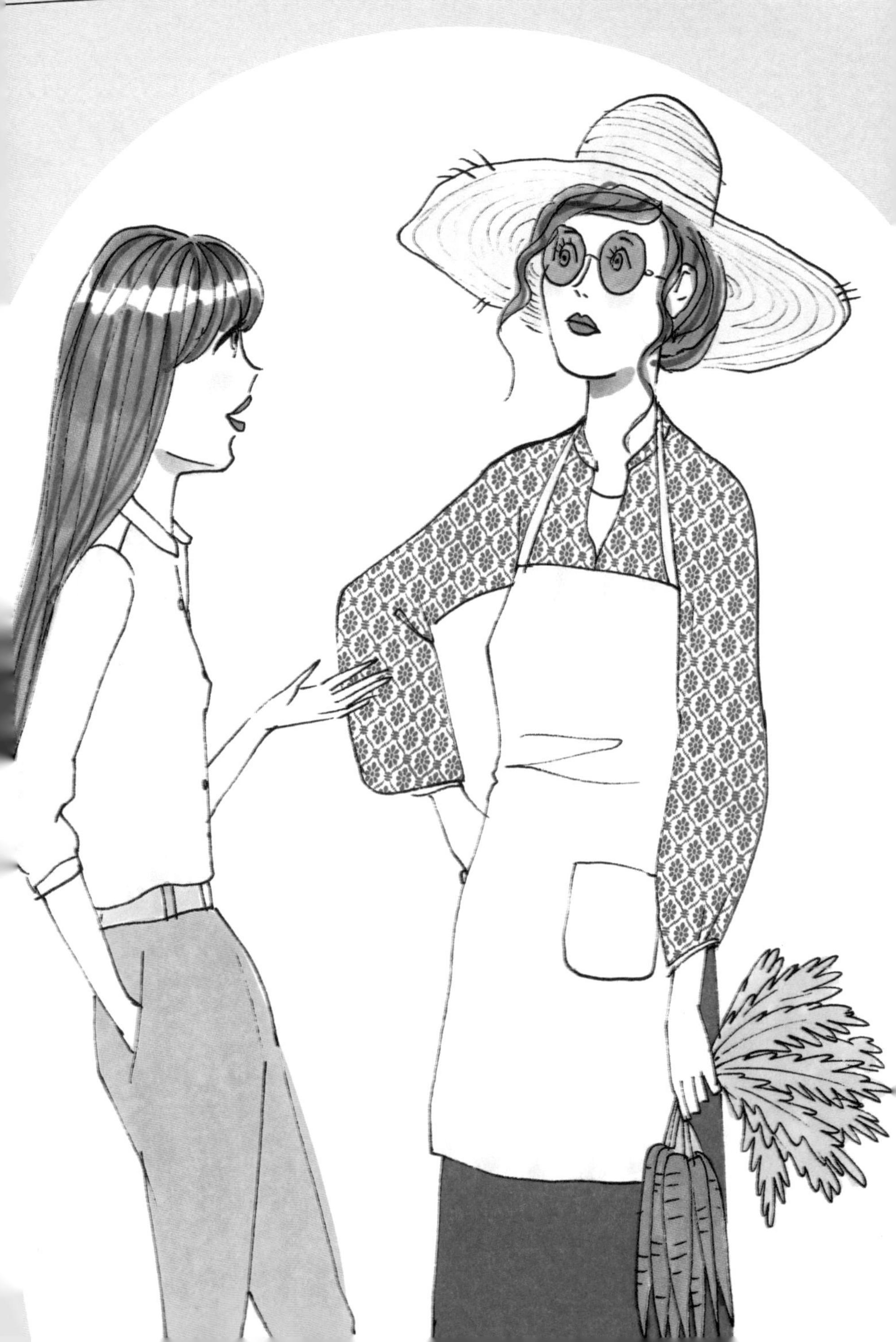

Las notas de Marc

Venecia
en cifras

118
islas forman el archipiélago en el que se cuenta la mayor de ellas, Venecia.

150
canales forman el entramado acuático que da a Venecia su fama.

400
puentes cruzan esos canales. Los más conocidos son el de Rialto y el de los Suspiros.

V es el siglo en el que se fundó Venecia, hace más de **1.500** años

El palacio Maldito

Había que darse prisa pues Matilde ya tenía sus maletas preparadas y estaba lista para marcharse.

—Ponemos en marcha la operación **SI**, o sea, Salida Inminente —anunció Marc—; ya sabéis, lo imprescindible para el viaje, y esto, va por ti, **LISETA**.

—¿Cómo que por mí? —preguntó extrañada.

—Venecia, palacios en los canales, fiestas... —susurró Álex, pegándose a la oreja de Liseta—. Olvídate de todo eso. Vamos a buscar a Amanda, no a un desfile de modelos.

—Pues entonces, tú no te lleves ninguno de tus cachivaches tecnológicos —protestó Liseta—. Todavía me acuerdo de los efectos de tu súper camaleonizador de Río de Janeiro, ese que se suponía que nos confundía con el paisaje; ¡aplastador, mejor dicho!

—Al contrario —dijo Álex—; necesito llevar todo mi arsenal. ¿Quién sabe con qué tipo de facinerosos vamos a enfrentarnos para encontrar a Amanda? Porque nadie se tragará lo del palacio maldito con fantasma incorporado, ¿no?

¡Glups!

Liseta y yo pusimos cara de ¿ehhhhhh? porque sí que nos lo habíamos tragado un poco.

—¡Es imposible! —exclamó Marc—. No existen las casas encantadas ni los palacios malditos, ni siquiera los fantasmas. Existen las casualidades y los hechos difícilmente explicables o desgraciados, pero **TODO** tiene una explicación: siempre.

Por una vez, Marc y Álex estaban totalmente de acuerdo. Y Liseta y yo... casi. Me había dado tiempo, mientras llegaban al gallinero, de buscar algo sobre el famoso palacio del que había desaparecido Amanda.

—Mirad lo que he encontrado —dije— es la historia del Palazzo Negri y pone los pelos de punta.

Serena y el príncipe

*E*sta desgraciada historia comenzó
hace más de cinco siglos con la
construcción de un bello palacio en
un pintoresco canal de Venecia.

Un antiguo gondolero convertido en rico
comerciante quiso rivalizar con el esplendor
de los poderosos Dogi, los príncipes de Venecia.

I

Compró un terreno para construir su palacio frente
al de los Dogi, para que entre sus lujosas paredes
y los aromáticos jardines perfumados por el azahar
de las flores de los naranjos creciera su única y bella
hija, Serena, un ángel cuyo cabello era de un dorado
tan intenso que hacía imposible contemplarla a la
luz del sol.

La niña creció, mimada por su padre, y educada por

11

institutrices francesas y profesores de música italianos, hasta
convertirse en una de las jóvenes más hermosas que nunca
hubieran visto los venecianos.

Además, Serena cantaba, dibujaba con arte y hablaba cinco
lenguas. Los comentarios sobre su talento y su belleza
eran constantes; tanto, que llegaron a oídos de uno de los
orgullosos príncipes Dogi del otro lado del canal.

Uno de los raros días en que Serena traspasó los altos muros de
su palacio para visitar a una pobre enferma, el príncipe Dogi,

III

Segismondo, mandó que la llevaran a su presencia. Ella cayó
enamorada frente a la gracia y el porte de Arnoldo, el hermano
pequeño de la poderosa familia, pero Segismondo, el mayor,
decidió que Serena sería para él. En lugar de pedir su mano al rico
comerciante, retuvo a Serena entre los muros de su palacio, frente
al de los Negri, donde el padre de Serena se arrancaba el pelo a
puñados por no poder ver a su hija, aun sintiéndola tan cerca.
Arnoldo y Serena se enamoraron y empezaron a verse en secreto,
a medianoche, junto al estanque del jardín. El joven príncipe

IV

trazó un plan para sacar a Serena del palacio, por un pasadizo
excavado bajo el canal, hasta la Iglesia de los Enamorados, para
casarse en secreto. Pero Segismondo descubrió el plan y mandó
encerrarlos en las mazmorras, donde murieron al poco tiempo.
A Arnoldo lo enterraron en la cripta familiar, con grandes
honores. El cuerpo de Serena fue abandonado en el canal, a las
puertas del palacio de su infancia. Su pobre padre pudo por
fin volver a ver a su hija, aunque ya sin vida. Muerto de dolor,
le dio sepultura bajo los naranjos, para que se fundiera con el

V

aroma de azahar, y después, se arrojó al canal, frente al palacio de los poderosos Dogi. Así acabó con su dolor, y con su vida.

A la muerte del padre de Serena, el Palazzo Negri pasó a manos del malvado Segismondo. Lo usaba para retener allí, cerca de su propio palacio, a las jóvenes que separaba de sus padres en contra de su voluntad.

Segismondo se arruinó y una noche desapareció misteriosamente; sólo se encontró su espada, con una flor de naranjo, junto a la tumba de Serena. Desde ese día, fueron

VI

desapareciendo los sucesivos propietarios del Palazzo Negri, en el que ya nadie quería vivir porque estaba encantado, según decían, por el fantasma de Serena. Sin embargo, los curiosos comenzaron a visitarlo, atraídos por la leyenda de los jóvenes enamorados.

¡¡¡GUAU!!!

¿Cómo podía Amanda haberse instalado en una casa con un fantasma de más de quinientos años?

Álex lo tenía clarísimo.

—Así, Amanda siempre será la más joven.

El Titanic en Venecia

¡Menos mal que teníamos a Matilde!

Para convencer a mamá, era más útil que mil pasaportes. Y para viajar, una maravilla. Aviones, taxis, y directos al barco que iba a llevarnos hasta Venecia. Porque podemos acercarnos a Venecia en coche, avión, autobús o bicicleta, pero la llegada se hace siempre en barco.

—¡No me digas que tenemos que subirnos ahí! —exclamó Liseta, señalando un barquito muy cuqui—. ¿Se llama **TITANIC III** o lo estoy soñando?

VAPORETTO
SALIDAS CADA 15 MIN.

TITANIC III

—La respuesta es sí —dijo Álex, lanzando su bolsa dentro del barco— y tendrás que embarcarte en él a menos que quieras llegar al hotel Il Último Gritti a nado; y chorreando, claro.

Liseta parecía muy nerviosa, así que el capitán le sonrió, y le explicó el motivo del nombre del barco:

—Es mi tercer *Titanic* ya, por eso lo de III. Soy **MUY** fan de la película y a veces me pongo en la proa y digo lo de **«soy el rey del mundo»**.

A Liseta no le convenció demasiado la explicación.

—Tengo que confesar algo muy importante: me pongo mala en los barcos —dijo, muy seria—. Ya está, ya lo he dicho.

Marc se acercó a Liseta un poco contrariado, sacó el Manual del agente para principiantes (¡el tomo octavo, ya!) y lo agitó en el aire.

—No sé por qué me molesto en escribirlo, si nadie se lo lee —protestó—. ¿Qué dice aquí? —preguntó señalando en una página, frente a la cara de Liseta.

Antes de partir hacia Venecia, los agentes que se mareen deben tomar las medidas necesarias, pues es indispensable desplazarse en barco por la laguna.

—Sin embargo —señaló Marc—, veo que no te has olvidado de traerte tres maletones rebosantes de ropa... a pe-

sar de que el mismo manual dice que «los agentes han
de viajar ligeros de equipaje» —añadió.

—Es que lleva un porrón de vestidos de fiesta —se chivó
Álex—; los llama porsiacaso.

—Los agentes no se chivan —respondió Liseta, ofendida—
y eso sí que lo he leído en el manual.

Matilde sacó de su bolso
una pulsera y un chicle y
se los dio a Liseta.

—Mastícalo y ya verás qué bien vas en el vaporetto... Si es como ir en autobús.

Liseta se metió el chicle en la boca y se puso la pulsera; encantada, comenzó a hacer globos, mientras entrábamos todos en el barco, incluidas las maletas de Liseta. ¡Y *Kira!* (a ella hubo que darle otro chicle, ¡vaya día!)

Marc sacó una de sus guías (en este caso **Como descubrir Venecia por primera vez y no quedar deslumbrado por algo tan increíblemente bonito**) y nos dijo una última cosa:

—Preparaos para ver la ciudad más alucinante que habéis visto nunca.

Liseta asintió con la cabeza. Cada vez tenía peor cara y todavía seguíamos en el muelle. ¡No podía estar mareada!

La lancha zarpó rumbo a la más hermosa de las ciudades del mundo mundial: Venecia. Pronto, los palacios y las iglesias comenzaron a surgir de las aguas como si flotaran. ¡Era increíble!

—¡Guau! —exclamó Álex—. Jamás en toda mi vida he visto algo **ASÍ** —reconoció, y Marc sonrió.

—Preferiría verlo desde un autobús, sinceramente —gimió Liseta, con la cara de un color un poco raro.

—¡Liseta!, no puedes estar mareada con todo lo que te he dado —dijo Matilde.

Liseta explotó un globo enorme y se levantó de su asiento de un golpe, explotando ella también.

—¡NO estoy mareada, recórcholis! —saltó—. **TENGO MIEDO**. Me da miedo porque desde que vi la película *Titanic* pienso que el barco se puede hundir; y además este barco se llama *Titanic*, y encima no va a estar Leopardo dil CARPIO para salvarme, ni ser el rey del mundo ni... ¡BUAAAAAAA!

Todos nos quedamos boquiabiertos. A Liseta le daba miedo ir en vaporetto porque pensaba que podíamos hundirnos... ¿como el *Titanic*?

—Pero, Liseta —dijo Marc—, el *Titanic* se hundió porque chocó contra un iceberg, ¡un pedazo de hielo flotante del tamaño de diez edificios juntos! Y en Venecia no hay icebergs. Eso sólo pasa en los mares fríos, así que ¡no podemos chocar contra nada!

Y entonces...

BRRRAAAAAAUUUMMM!

¡Casi nos caímos al agua!

Habíamos chocado con algo que dio la casualidad que era...

UN iceberg...

Un iceberg llamado Tatiana

Liseta estaba fuera de sí.

—¡SOCORROOO! —gritaba, asomándose por la borda—.
¡A mí LEOPARDO DIL CARPIO! Adiós mundo cruel...

—¡Liseta! ¡Que te vas a caer al agua! —Álex
trataba de agarrarla.

Habíamos chocado contra el **ICEBERG IV**, otro vaporetto que estaba en medio del canal a punto de hundirse
y, sorpresa, cuando fuimos a ayudar a la pasajera que se
bamboleaba dentro con una especie de jaula gigante con
dos pájaros de color verde —loros— dentro, nos dimos
cuenta de que era...¡Tatiana Von Gumm and Candies!

—¡Zoé! ¡Matilde! —exclamó—. Gracias a todos mis
ilustres antepasados que os encuentro aquí, en medio
de la laguna de Venecia. ¡Quién me mandaría a mí em-
barcar en un barco que se llama **ICEBERG**!

—¡Pues el nuestro se llama **TITANIC**! —gritó Liseta—.
Esto no tiene ninguna gracia.

—Reconoce que es una casualidad... ¡i̲n̲c̲r̲e̲í̲b̲l̲e̲! —dijo Marc, a quien le encantan estas cosas.

El capitán del otro barco trató de dejar las cosas claras.

—¡No le echen la culpa al nombre! —protestó—. Ya le dije yo a la señora que todas esas maletas, la jaula de los loros y, ejem, ella misma... pues eso, que íbamos un poco cargados.

Mientras, nuestro capitán trataba de maniobrar para separarse de **ICEBERG IV**, pero no había manera de separarlo del **TITANIC III**.

—Voy a tirar el ancla y cuando hayan subido todos los pasajeros del **ICEBERG**, ¡nos vamos! —dijo—. Señora, las damas primero, las aves tropicales, después.

Tatiana le lanzó primero una mirada furibunda (parecía que conocía bien nuestra **TÉCNICA TMF**, es decir, **TÁCTICA DE LA MIRADA FURIBUNDA**) y después lanzó la jaula con *Edmundo* y *Dantés*, sus loros dentro del **TITANIC III**, para, por fin, lanzarse ella misma en plancha, lo que provocó que el *Titanic* se tambaleara peligrosamente.

—¡Madre mía, qué morrón! —se quejó Tati del golpazo que se había metido—. Si yo ya no estoy para estos trotes.

—Que sí, Tati, que sí, que estás muy ágil, ejem, teniendo en cuenta tu... volumen —dijo Álex, en plan simpático—. Yo me encargo de traer tus maletas al **TITANIC**.

—Esta señora viaja con más maletas que un equipo de fútbol —se quejó el capitán del **ICEBERG IV**—; por eso casi nos hundimos.

—En realidad, no son mías —dijo Tati, levantándose—. estoy trasladando las maletas de Amanda, ¡pobrecilla! Hasta que aparezca, prefiero que estén en un lugar seguro. ¡Tenía cientos de vestidos! Ella decía que eran sólo unas cosillas para la fiesta que iba a dar en su palazzo, los llamaba sus porsiacasos. ¡Iba a venir George Looney y todo!

—¿Porsiacasos? —repitió Marc—. ¿No es así como los llamas tú, Liseta?

¡El equipaje de Amanda! Cientos de vestidos. Liseta no respondió a la pregunta de Marc.

—¡Yo me encargo! —exclamó, y se tiró en plancha con una diligencia y un valor que nos dejó a todos asombrados.

¡Vaya con Liseta! En cuanto había algo de moda de por medio, adiós adiós mundo cruel...

Pronto empezaron a volar baúles de Louis Pitton, sombrereras de Traga y bolsas de viaje de Trucci. Un baúl enorme se abrió al caer y de él empezaron a volar vestidos, chales, pamelas... ¡todo un desfile de moda, al estilo fantasmal!

—¡Cuidado! —gritó Marc—, ¡que hundes el *Titanic*!

Matilde, *Kira* y yo nos pusimos a cubierto de la lluvia de vestidos mientras *Edmundo* y *Dantés* gritaban a dúo.

¡QUE HUNDES EL TITANIC, QUE HUNDES EL TITANIC!

Afortunadamente los capitanes acomodaron las maletas en la bodega y después del susto, zarpamos rumbo al hotel: Il Último Gritti... ¡qué chulo!

Y es que en Venecia llegas a los edificios por el agua. Atracamos en el pontón del hotel y nos bajamos cuando...

FLASH FLASH
FLASH
FLASH

Nuestro viaje cultural daba comienzo. Y ahí estaban los paparazzi para que nuestra foto diera la vuelta al mundo.

¡A mamá le iba a encantar!
(Vamos, que tendría que inventarme algo y rápido, porque de cultural... ¡nada!)

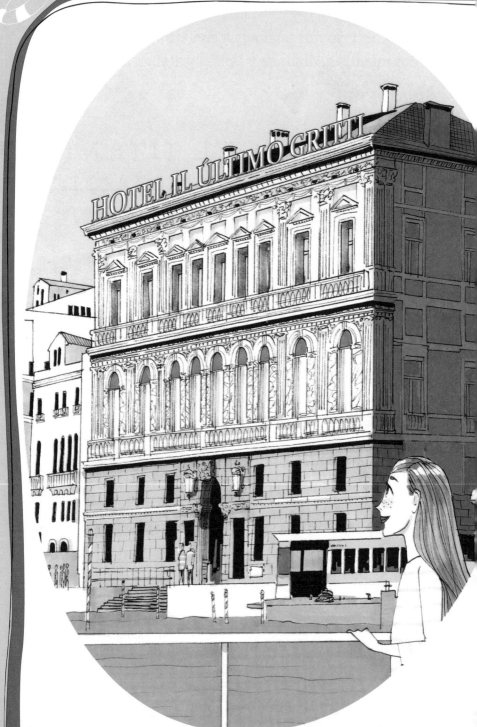

¡Oh! SOLE MÍO
EDICIÓN VENECIA

LLEGADA TRIUNFAL

Dos loros, un perro, veintidós maletas, cuatro chavales, una famosa cantante de rock y una princesa (auténtica) que adora las gominolas, todos, a bordo del *Titanic*. Sólo faltaba **LEONARDO DIL CARPIO** gritando lo de «¡Soy el rey del mundooooo!».

Pero no, no es ninguna adivinanza ni la segunda parte de la célebre película. Hoy, llegaban todos juntos al selecto hotel **IL ÚLTIMO GRITTI**, donde se han convertido en la broma del día.

¡QUÉ NIVEL, MARIBEL!

Viva la baba

¡Ya estábamos en Venecia!

La alegría no podía hacernos olvidar para qué habíamos ido: para encontrar a Amanda, dondequiera que estuviera.

Matilde subió a instalarse en su habitación, Tati en la suya, *Edmundo* en la suya y *Dantés* en la suya. Son Lorus tropicalis de la variedad habladores y si no los separan se pasan la noche cotorreando y no duermen nada, así que la pobre Tati debe pagar una habitación para cada loro. ¡Un derroche!

Nosotros nos quedamos aparte y comenzamos a preparar el plan.

—Pues yo pienso ir al patio de los naranjos del Palazzo Negri, a ver si hay algún rastro de Amanda —dijo Liseta, totalmente recuperada de su travesía por la laguna.

—¡Bien visto! —señaló Marc—; el buen agente siempre empieza la investigación en el lugar de los hechos.

—Pero ¿no os parece que primero deberíamos clasificar el equipaje de Amanda? —añadió Liseta—. Podemos encontrar alguna pista, ¿no creéis?

Álex se echó a reír.

—Ya, ya —dijo—, te mueres por cotillear sus modelitos de marca. ¡Que te conozco!

—Pues no —respondió Liseta—; bueno, un poco sí, pero también creo que podemos encontrar alguna pista. ¡Es lo único que tenemos!

Pues esta vez Liseta, la verdad, tenía **TODA** la razón. Marc y yo asentimos y nos pusimos manos a la obra.

Habíamos dejado el equipaje de Amanda en un rincón y entre maletas, baúles, sombrereras y bolsas formaban una torre que llegaba hasta el techo. ¿Por dónde empezar?

—Liseta —llamé—, elige tú. Puede que tu sexto sentido nos guíe para encontrar algo.

Liseta contempló aquella montaña de maletas y no dudó ni un segundo.

—El baúl grande es el de los porsiacasos de fiesta.

Lo movimos entre Marc y yo, y Álex sacó una de sus herramientas favoritas.

—El descandador de candados fabricado en China, última generación. ¡El mejor!

—Déjate de cosas raras —dijo Liseta mientras sacaba una horquilla de su bolso con la que abrió el candado en... ¡YA!

Liseta levantó con cuidado la primera capa de vestidos. Y la segunda. Y la tercera.

—¡Mmmmm! —gruñó concentrada—. Un Trucci, un Troche & Badana y dos Burralli, ES-PEC-TA-CU-LA-RES. ¡Está clarísimo!

—¿El qué? —preguntamos todos a la vez.

MUY FRÁGIL

CONTIENE ROPA CARA

PROPIEDAD DE AMANDA SIGARET

★ NO ABRIR ★ SIN AUTORIZACIÓN

—Pues que Amanda es muy fan del Made in Italy.

A Álex le había tocado el neceser de cosmética de Amanda. De él iba cogiendo objetos, los examinaba cuidadosamente y, a continuación, los depositaba en el tocador.

—¡**Ummmm!** —exclamó observando un artilugio metálico—. ¿Y esto qué es? ¿Algún nuevo instrumento de tortura?

—¡**Es un rizapestañas!** —exclamó Liseta.

Álex lo dejó despacio, mirándolo con respeto.

—¿Y esto? —dijo, sacando un tarro de crema con una etiqueta en un idioma muy raro.

—¡Crema de baba de caracol! —le respondió Liseta—: es buenísima contra las arrugas.

Álex la soltó como si quemara.

—¡**Baba de caracol!** ¡**Pero qué asco!** ¿Y Amanda se echa este potingue en la cara?

—¡**UY!** —exclamó Liseta—, y crema de veneno de serpiente o de placenta de mono, y se lava el pelo con champú para crin de caballo... ¡**el mejor!**

Álex sacudió la cabeza. Todo eso para estar como Amanda, o sea, mega artificial, ¡**Puaghhh!**

—¿Y esto, qué es? —preguntó sacando un cuaderno bastante gordo—. ¿El manual de instrucciones de la baba de caracol? ¿O el libro JÍNNESS de los récords de operaciones de cirugía estética de Amanda?

Liseta se abalanzó sobre Álex y se lo arrancó de las manos.

—¡Esto es... una pista! —gritó, triunfal.

¡El diario de Amanda!

¡Atención, *fashionistas*!

Rutina de belleza de Liseta

- Lavarse el pelo con la frecuencia necesaria para que siempre esté limpio y brillante.

- Cepillarse los dientes sin falta después de cada comida. Ideal para evitar las caries.

- Protegerse del sol siempre con cremas, sombreros y sombrillas. Hay que cuidar la piel y la salud.

- Mantener las uñas limpias y bien cortadas.

- Y de vez en cuando, un toque de brillo labial (ejem, prestado del neceser de pinturas de mamá).

El diario de Amanda

¡Teníamos el diario de Amanda! Seguro que ahí podríamos encontrar alguna pista acerca de su desaparición: gente con la que había estado, algún detalle inquietante... **¡algo!**

Marc trató de hacerse con él pero fue imposible arrebatárselo a Liseta.

—Que conste que no está bien leer diarios ajenos —precisó Marc—. Sólo lo hacemos para tratar de encontrar alguna pista que nos lleve hasta Amanda.

Todos asentimos.

—Así, que... Liseta —añadió—, leeremos sólo los pasajes que aporten algo a nuestra investigación.

Liseta asintió con la cabeza y comenzó a leer:

Hoy ha sido un día agotador: primero manicura-pedicura, luego pilates y, después, corriendo a la limusina para elegir el vestido para la cena del embajador. Y Nails, aunque sea supercuqui, se ha negado a comer el caviar porque no era iraní... ¡vaya día! Con tanto TRABAJO, necesito descansar.

Álex puso cara de asco.

—Por favor, sáltate las partes como ésta o voy a pensar que es mejor que no la encontremos **NUNCA**.

—OK, OK —dijo Liseta pasando hojas a toda velocidad.

—Recuerda lo de «relevante para nuestra investigación» —dijo Marc—; manicuras, vestidos y limusinas no lo son.

—¡Vale, vale! —dijo Liseta.

Jajaja... Hoy George (Looney) me ha dicho que...

—¡No! Esto me lo salto... —señaló Liseta pasando más hojas.

...hay que ver qué caro que se ha puesto el caviar últimamente...

—Esto también —dijo Liseta.

—¡VOY A VOMITAR! —soltó Álex—. Por favor, dejemos el diario de una persona sin interés ni intereses y pasemos a otra cosa.

—¡Esperad! —exclamó Liseta—. Aquí hay algo.

¡Vaya mega chollo que he encontrado! Un palazzo auténtico en el Gran Canal, je, je. Y además, me han dicho que tiene un secreto que es la BOMBA... ¿qué será?

Es perfecto para mi fiesta. Tengo que ser la más guapa con mi Trucci. George Looney va...

—¡Para, para! —le pidió Álex—; vuelve a lo del secreto y sáltate la parte del Trucci, que me mareo yo también.

Liseta le pasó a Álex la pulsera antimareo de Matilde y el chicle (algo chupado) y siguió leyendo.

Esta mañana ha venido a verme el dueño del palazzo, ese Peppe Tapas O Ñappas para proponerme algo inaudito. ¿Cómo puede pensar que YO haría algo ASÍ?

—Sólo dice algo de un señor con nombre muy raro, y que le propone algo —dijo Liseta, leyendo a toda prisa—. No sé qué querría proponerle a Amanda... ¡Una cita!, je je.

—¿A quién le importan los visitantes de Amanda? —dijo Álex—; sáltate eso también.

—¡Espera! —cortó Liseta—, aquí hay algo interesante. Es lo último que escribió, el día que desapareció.

Este palazzo es una birria. Tiene goteras y ratones que bailan la Conga pasando de Nails. Y el secreto... ¿QUÉ son esos ruidos tan raros? ¡Que no me vengan con que es... el fantasma de Serena!

¡No me dejan pegar ojo! En cuanto vuelva de la fiesta de TATI VON GUMM AND CANDIES voy a investigar de dónde vienen esos ruidos tan extraños, como si alguien correteara por el interior de las paredes.

Liseta, Álex, Marc y yo nos miramos. Allí estaba la clave del asunto: en el Palazzo Negri...

¿De verdad habría fantasmas?

Marc negó con la cabeza, pero...

¡QUÉ MIEDO!

Los trucos de Álex

¿QUIÉN DIJO FANTASMAS?

Los fantasmas más famosos de la historia

El fantasma de la Ópera

Hoy día es muy conocido el musical, pero su origen es una novela de **Gaston Leroux**. Un fantasma aterroriza a todos en la ópera de París para que una joven cantante se fije en él.

El fantasma de Canterville

Es un cuento del escritor británico **Oscar Wilde**. Trata de u fantasma que vive en un castill inglés adonde se traslada una práctica familia americana... a la que no consigue asustar ni a la de tres.

EL FANTASMA DE BITELCHÚS

Es el fantasma grosero y pícaro de la película de **Tim Burton**, ¡divertidísimo!

En el jardín de Serena

¡Por fin teníamos una pista! Y nos llevaba al Palazzo Negri, el palacio maldito de la leyenda de Serena y Arnoldo. Y más directamente a la chimenea, ¡glups!

Salimos a toda prisa hacia la habitación de Matilde, justo cuando terminaba de vestirse para salir. ¡Estaba guapísima!

—Nos vemos en el **WARRY'S BAR**, he quedado ahí con Paul —dijo—. Recordad que tenemos una cita allí a las nueve en punto. ¡Es muy importante para mí!

—Ok —asentí—, allí estaremos, descuida. Y espero que con Amanda.

El hotel estaba tan sólo a dos puentes del Palazzo Negri. Cuando llegamos a la puerta que daba al canal, sentí un escalofrío. ¡Allí había ocurrido todo, cuatrocientos años antes!

—Vayamos por detrás —señaló Marc—. Esto está cerrado a cal y canto.

La parte trasera daba a un callejón, donde se abría una puerta cerrada con un gran candado.

—¡El descandador! —exclamó Álex, revolviéndose los bolsillos—. Qué buena ocasión para probarlo.

En el jardín de Serena

—Déjalo —dijo Liseta quitándose una horquilla del pelo. Y en menos de lo que Álex volvió a guardar su cachivache, la puerta ya estaba abierta.

—¡Guau! —exclamé— ¡qué bonito!

El jardín de Serena era tal y como lo había imaginado. Cuatro naranjos con flores muy perfumadas rodeaban una pequeña fuente entre setos de boj y azaleas. Había unos cuantos turistas, que miraban curiosos, desde el exterior, y disparaban sus cámaras fotográficas.

—¿Qué pinta aquí toda esta gente? —preguntó Marc—. No parece un desastre, como decía Amanda.

—¡Claro!—dijo una voz detrás de nosotros— Mi padre cuidó de este jardín durante más de veinte años y ahora, lo cuido yo; bueno, cuando puedo.

¡Vaya susto! Fuera quien fuese, el que hablaba había llegado sin hacer ruido, casi, como un fantasma.

—Hola —siguió la voz, acercándose—, soy Serena. Y vosotros, ¿cómo habéis entrado?

—Ehhh. —Liseta dudó antes de decir la verdad—. Venimos a ver a una persona...

—¡Serena! —exclamó Marc—. Como Serena.

—La de la leyenda, sí —dijo la chica del jardín—. En realidad, era mi tatatatatatatatatatatatatatarabuela, la de la historia, ¿la conocéis?

—Sí —respondí yo—. Es un poco triste, ¿no?

—Es triste pero, a la vez, es bonita —respondió ella—. Me alegro de que estéis aquí —dijo riéndose—. Yo vengo cuando siento nostalgia.

Para ser un fantasma era muy simpática. Pero teníamos que entrar en el palacio cuanto antes para encontrar alguna pista que nos llevara a Amanda... o al secreto.

Álex decidió tomar la iniciativa.

—Oye Serena, ¿tú sabes algo de un secreto?

Serena se rio pero no pareció nada sorprendida por la pregunta.

—Aquí todo el mundo tiene secretos; los secretos son como el agua de los canales, están por todas partes.

Decirnos eso y nada era lo mismo.

—Ejem, ¿podrías ser un poco más... concreta? —preguntó Álex, que conocía bien las técnicas de interrogatorio del **MANUAL**.

—Si os gustan los secretos, entrad en la casa y buscad la espada con la flor de naranjo.

—¿La espada con la flor de naranjo? ¿Como en la leyenda de este palacio?

—Sí. ¡**Pero daos prisa!** —nos advirtió—. Ni vosotros ni yo deberíamos estar aquí.

Con la mirada nos indicó la puerta de entrada a la casa. **¡Estaba abierta!**

—La última persona que vivió en esta casa la dejó así. Dicen que desapareció, pero yo creo que... todavía está en la casa.

Álex abrió la boca para preguntar por qué creía que Amanda seguía allí, pero Serena ya no estaba. Y en su lugar, hubo otra aparición.

—¿Qué demonio estáis haciendo aquí? —preguntó un hombre, con pinta de pocos amigos.

¡Vaya entrada! Liseta y yo nos echamos hacia atrás de un salto.

—¿Quién os ha dejado pasar? —insistió.

—Su madrastra —dijo Álex señalándome, mientras me miraba con la **MQMSCPNSMOOC** del manual (que quiere decir **MIRADA DE «QUE ME SIGAS LA CORRIENTE PORQUE NO SE ME OCURRE OTRA COSA»**...).

—¿Y usted quién es? —preguntó tímidamente Marc, echándole **MUCHO** valor, la verdad.

¡AQUEL HOMBRE DABA MIEDO!

—Aquí las preguntas las hago yo, panda de intrusos barra monigotes —respondió el hombre—, pero, si os interesa saberlo, soy Peppe Ñappas y vendo los mejores bocadillos de Venecia en mi puesto, **El príncipe del bocata**.

—¡Qué interesante! —dijo Álex—, y no tendrá usted ninguno a mano, ¿verdad?

—¡NO! —tronó el señor Ñappas—. Además, soy el dueño de esta casa; mejor dicho, palacio.

—Entonces, usted conoce a su madrastra —dijo Álex.

—¿Y quién es tu madrastra? —me preguntó él—. ¿La de Blancanieves? Ja, ja, ja.. —Se rio muy fuerte.

—Qué buen chiste —dije para seguirle la corriente—, pero no; es una señora muy elegante y con gato... —Y pensé para mí: «¡Aunque, que quede muy claro que no es mi madrastra!».

—¡Ah! —me cortó—. La loca del gato y el caviar —añadió el hombre—. ¡Pues ya estáis despejando porque se ha largado para siempre!

Entonces Marc desplegó otra táctica del Manual conocida como la de **SISE**, que quiere decir **SÍ SEÑOR,** y salimos ¡PITANDO!

Serena
Del
Giardinetto

Ocupación
Pasear por Venecia de
forma melancólica
(y dar algún sustillo
de vez en cuando).

Señas de identidad
Cabellos de oro y amor
por los jardines.

Odia
Que la confundan con
su ilustre antepasada

Ama
A Arnold DJ, un rapero
camarero que es **LO MÁS**.

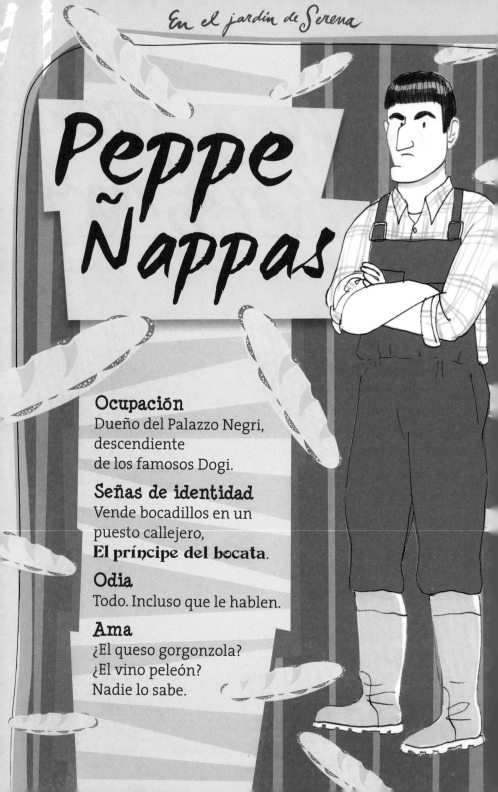

Peppe Ñappas

Ocupación
Dueño del Palazzo Negri,
descendiente
de los famosos Dogi.

Señas de identidad
Vende bocadillos en un
puesto callejero,
El príncipe del bocata.

Odia
Todo. Incluso que le hablen.

Ama
¿El queso gorgonzola?
¿El vino peleón?
Nadie lo sabe.

Una Serena de otro siglo

¡Uf! Vaya susto que nos habíamos llevado. Y por partida doble. Primero, Serena la fantasmal y luego el guardián malhumorado del palacio.

—Pero qué hombre tan borde —dijo Liseta, cuando paramos a la vuelta de la esquina, después de una buena carrera.

¡Qué dos apariciones! Serena, que había desaparecido tan silenciosamente como había llegado justo antes de la aparición de Míster Borde.

—¿Alguien ha visto hacia dónde se fue Serena? —preguntó Marc—. Quería preguntarle una última cosa.

—Yo estaba mirando a la puerta —respondió Álex—. **¡Pies, para qué os quiero!**

—Y yo estaba mirando a Álex —contestó Liseta.

—Y yo estaba mirándote a ti —añadí yo—. Conclusión: ninguno hemos visto marcharse a Serena.

Nadie había visto nada.

¡Vaya panda de agentes secretos!

—¿Y cómo sabe el señor Borde que Amanda se ha ido para siempre? —pregunté—. Eso suena muy mal.

En ese momento, un golpe de viento empujó la verja y vimos salir a Peppe Ñappas. Llevaba dos bolsas muy grandes que cargó en una carretilla. Se marchó, mirando hacia la calle, como si comprobara que no había nadie observándolo.

Otro golpe de viento empujó la puerta y la dejó abierta tras él.

—Supongo que ya no nos queda elección —dijo Marc—. Esto nos autoriza... a entrar.

—¡Hay que buscar la espada y la flor de naranjo! —recordé.

Liseta, Álex y yo nos miramos y asentimos, con un punto de inquietud. ¿Y si volvía Peppe Ñappas? Porque no era la primera vez que entrábamos en una casa sin que, ejem, nadie nos invitara. Pero era la primera vez que entrábamos en una casa encantada, **¡y con fantasma oficial!**

Nos colamos otra vez en el jardín por la parte trasera. Rápidamente llegamos a la puerta de la casa. Y claro, entonces estaba cerrada.

—Y ahora, ¿como entramos? —pregunté.

Kira me miró con ojos interrogantes y aulló bajito (ella sabe que hay que ser discreto).

—¡Por fin podré usar mi descandador! —exclamó Álex.

—Pero si no hay ningún candado —dijo Liseta, quitándose una horquilla del pelo—. Ya está. Hecho.

¡La puerta estaba abierta!

Liseta, cuando quería, era la **MÁS** eficaz.

Entramos con cierto temor, porque allí dentro, estaba bastante oscuro, la verdad.

—No se ve nada —dijo Marc—. Álex, ¿tienes algún dispositivo iluminador?

—¿El móvil? —respondió Álex—. Je, je...

—Eso valdrá —afirmó Marc—. ¡Mucho mejor!

De repente, se iluminó un enorme vestíbulo de entrada. Había cuadros en las paredes y candelabros gigantescos, y...

—¡Las alfombras están en las paredes! —exclamó Álex.

—Se llaman tapices y están hechos para colgarlos así —precisó Marc—. Álex, cierra tú la puerta.

¡PLAFFFF!

—No hacía falta dar un portazo —señaló Marc, avanzando sin mirar atrás.

—¡Pero si yo no he sido! —protestó Álex, que era la última—. Se ha cerrado sola.

—Habrá sido otra ráfaga de viento —dije, tragando saliva y tratando de buscar algo de normalidad.

La casa estaba casi en total oscuridad, si no fuera por el móvil de Álex y un rayo de sol que se filtraba por encima de la galería. Un único rayo que iluminaba, como si fuera un foco, un gran cuadro en el centro de la estancia.

—**¡Es Serena!** —exclamé, refiriéndome a la chica que habíamos encontrado en el jardín—, pero va vestida como...

—...en el siglo xv —dijo Marc—; porque es un retrato de Serena, pero de la auténtica Serena

—¡Pues son como hermanas gemelas! —señaló Álex.

—A mí esto me da escalofríos —añadió Liseta, tiritando.

—No —dijo Álex —lo que te da escalofríos es la corriente de aire que viene de allí. —Y señaló una enorme chimenea de piedra que presidía el gran salón.

—¡Mirad! —dije señalando la pared—**¡La espada y la flor de naranjo!**

En el fondo de la chimenea, la piedra tenía un escudo con una espada y un ramito de azahar grabados.

Nos acercamos a la chimenea, empujándonos los unos a los otros; incluso *Kira* no se separaba ni un centímetro de mí. Cualquiera hubiera dicho que teníamos algo de miedo...

—**¡Qué bonito!** —dijo Marc, pasando las manos por el relieve de piedra.

—Y la flor de naranjo —señaló Álex, apoyando un dedo en el centro—. ¡Parece de verdad!

¡BRAAAAAA BRUMMMMMM

Sin querer, Álex había tocado algún resorte. De repente, la piedra con el grabado desapreció delante de nuestros ojos y en la oscuridad... Se abrió un túnel.

¡GLUPS!

Los trucos de Álex

¡Aló, aló!
Breve historia del teléfono móvil

El **teléfono móvil** es un invento más o menos reciente. El primero se inventó en **1950** en la antigua Unión Soviética, hoy Rusia. El uso comenzó a generalizarse entre 1989 y 1996, y entonces, las marcas más populares eran *Motorola* y *Nokia*.

A los primeros móviles, de gran tamaño, los llamaban **zapatófonos**, en plan de broma. A la gente le parecía tan molón tener un móvil, que a veces se usaban teléfonos de juguete para fingir que hablaban por uno de verdad, **¡qué payasada!**

Hoy día parece imposible vivir sin móvil, pero hasta hace poco, para hablar con alguien o llamabas desde un fijo o desde una **cabina**. **¡Y nunca tenías monedas suficientes!**

(Muy) dentro del palazzo

¡Íbamos de susto en susto!

Primero la Serena fantasmal, luego Peppe Ñappas y entonces, el túnel de la chimenea. ¿Qué sería lo siguiente?

—Tenemos que entrar —dije, sin pensarlo—; aquí puede estar la clave de la desaparición de Amanda. **¡Incluso la propia Amanda!**

—Zoé tiene razón —añadió Marc—. Álex, ¿te queda batería?

—Apenas una rayita —dijo, disculpándose—; es que me olvidé el cargador. **¡Uy, se acabó!**

Efectivamente, el móvil de Álex murió en ese mismo instante y nos quedamos en la oscuridad total.

Después de un silencio de unos cuantos segundos, Liseta fue la primera en hablar.

—Menos mal que tengo mis porsiacasos —dijo, hurgando en el fondo de su bolso—, aunque luego me critiquéis... pero siempre llevo un espejito con luz, para retocarme el peinado, por si acaso...

Y otra vez, se hizo la luz. No mucha luz, pero suficiente para poder avanzar por el túnel.

—Que vaya *Kira* delante ¿no? —sugirió Liseta—. Ella es un agente secreto de primera.

—¡Todos somos agente de primera! —respondí.

A *Kira* no le hacía mucha gracia ir abriendo paso, pero me adelantó y se colocó a la cabeza de la expedición por el túnel.

—¡Espera! —dije, y le até al collar el espejito con luz de Liseta, como si fuera una san bernardo que nos guiara en la oscuridad.

Avanzamos unos metros muy despacio. Se oían ruidos muy extraños, como gorgoteos de agua e incluso ¿gemidos?

—Tengo que reconocer que tengo ¡miedo! —susurró Liseta tras oír algo que no podía ser otra cosa que un largo quejido.

¡¡¡YIAAAAAAUUUUUU!!!

—¡Aquí abajo hay alguien o algo! —exclamó, agarrándome del brazo muy fuerte.

¡¡¡YIAAAAAAUUUUUU!!!

—¡Un fantasma! —gritó Álex—. El fantasma de Serena, seguro.

—Pero si tú no creías en los fantasmas —dije extrañada.

¡¡¡YIAAAAAAUUUUUU!!!

—Pues ahora, ¡SÍ!

—Tranquilidad —dijo Marc—. Seguro que estos aullidos, terroríficos, tengo que reconocer, tienen una explicación de lo más lógica.

¡¡¡YIAAAAAAUUUUUU!!!

—¡Esto suena a fantasma de hace quinientos años! —exclamó Álex, colocándose detrás de mí de un salto—, y la explicación de Marc no me tranquiliza, pero nada.

—¡AY! —grité—, que me tiras; pero sí, tengo que reconocer que suena a fan...

¡SE ACABÓ! ¡NO QUEDA MÁS CAVIAR! ¡DEMONIO DE GATO!

¿Fantasma? Noooooo. Más bien, **¡Amanda!**

¿Era posible que ésa fuera su voz? Desde luego lo del caviar era muy de su estilo.

Corrimos hacia la voz y llegamos a una especie de cueva en la que, iluminada por otro espejito de maquillaje, estaba...

Desgreñada y desparramada en el suelo, con *Nails*, también desgreñado, erizado y muy enfadado, ¡la habíamos encontrado! Y el YIAAAAAUUUUUU de antes, ¡eran los maullidos de *Nails*!

Cuando Amanda nos vio llegar, en su cara apareció algo parecido a una sonrisa.

—Jamás pensé que me alegraría de ver la jeta de este piojo, pero, ¡caramba, me alegro! —exclamó.

Hice como que no oía el piropo que le dedicaba a Álex y ella también.

—Amanda, ¿cómo has llegado hasta aquí? —pregunté—. Todo el mundo está buscándote desde ayer.

Amanda se incorporó con interés. *Nails* nos miró con recelo, especialmente a *Kira*.

—Ah, ¿sí? —preguntó—. Cuéntame quién es todo el mundo.

—Pues **TODO** el mundo —respondió Liseta—. Dicen que es por culpa de la maldición del Palazzo Negri y...

Amanda se echó a reír y señaló a sus pies.

—De maldición del palacio, nada —dijo—. La culpa la tienen estos artefactos.

¡SUS ZAPATOS!

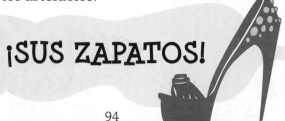

¡Si Kira hablara!

A Kira **NO** le gustan los gatos, por varias razones. ¿Y tú?

¿Cuánto sabes de gatos?

1 Un gato tiene...

a) siete vidas.
b) tres pies.
c) veinticuatro bigotes.

2 Los gatos son aficionados a robar...

a) bolsos de marca, les chiflan, como a Liseta.
b) comida de otros gatos, en casa de los vecinos.
c) dinero de sus amos, para comprar latas de comida.

3 Son capaces de moverse en un entorno...

a) de la cocina al sofá y del sofá a la cocina.
b) de varios kilómetros a la redonda.
c) de varios cojines a la redonda.

Respuestas: 1) c; 2) b; 3) b.

Los "bartolos" de Amanda

¡Vaya! Parecía que Amanda, incluso en la situación más extrema, conservaba su peculiar sentido del humor.

Entonces, ¡la culpa era de los zapatos!

—Pero no de unos zapatos cualesquiera —precisó ella—, sino de éstos: los bartolos; ideales de la muerte pero con unos tacones endiablados, poco aptos para recorrer túneles en la oscuridad. Pero yo, antes muerta que con zapatillas de deporte.

Liseta no perdía palabra de lo que decía Amanda.

—Pues yo estoy totalmente de acuerdo en que no se debe renunciar jamás al estilo —dijo—. ¡Vivan los tacones! ¡Muera el chandal!

—¡Muera! —respondió Amanda—, pero estos condenados bartolos casi me matan. Me pegué un buen morrón porque uno de los tacones salió disparado y, encima, se me ha torcido un tobillo, ¡ay! No puedo moverme.

—¿Y cómo has sobrevivido veinticuatro horas aquí abajo? —preguntó Marc, extrañado—. ¿Por qué no has llamado a alguien con el móvil?

—¡No tengo cobertura! —explicó Amanda—. Os recuerdo que estamos bajo tierra; menos mal que llevaba unas latitas de caviar para *Nails* en el bolso, por si acaso, pero este gato de las narices ya no quiere comer más caviar, se ha hartado. ¡IN-GRATO!

Kira (y los demás) miramos a *Nails* con desaprobación. ¡Aquel gato era una auténtica peste!

Lo siguiente era pensar cómo sacábamos a Amanda de allí, porque no podíamos cargar con ella.

—Tendréis que salir a buscar ayuda —propuso—. Hay una trampilla al final del túnel, porque no se puede salir por donde hemos entrado; ya lo intenté yo antes de torcerme el tobillo —explicó—. ¡Pero no os vayáis todos! Alguien tendrá que quedarse conmigo y con el pobrecito *Nails*. ¡Por favooooooooor!

¿Amanda pidiendo por favor? Algo había cambiado después de pasar un largo día a la sombra...

—Está bien —dije—. *Kira*, tú te quedas; no puedes salir por la trampilla. Y nosotros, lo echaremos a suertes, dos se quedan con Amanda y dos se van a buscar ayuda para rescatarla.

—Mejor que se vayan el piojo de los cachivaches y el listillo, y quedaos la de «muera el chándal» y tú, Zoé, plis. Así nos quedamos entre chicas, je, je.

NADA había cambiado. Amanda seguía sin saber ni los nombres de la Banda ni quiénes éramos chicas o chicos.

—Pues va a ser que nos quedamos el listillo y yo —dijo Álex, algo enfadada—. Tenemos mucho de que hablar contigo. A ver qué has descubierto aquí solita, encerrada con el **SECRETO**.

A Amanda no le hizo mucha gracia la decisión de Álex pero cuando Liseta sacó del bolso un par de chocolatinas nada light, dos manzanas y unas botellitas de zumo de fresa con naranja ni siquiera protestó. *Nails*, ya fue otra cosa...

¡MIAAAAAAUUUUUU!

—¿No tendrás una latita de comida para él en tu bolso? —preguntó Amanda—. Chica, ya sólo quiere comida para gatos, y de la barata.

—¡Vámonos de aquí antes de que me cargue a ese gato-caviar! —exclamó Liseta cerrando el bolso, muy ofendida.

Por primera vez, había algo que Liseta no llevaba en su bolso.

¡Comida para gatos!

¡Atención, *fashionistas*!

A Liseta le chiflan los zapatos de Matilde

Los más famosos son los de **Manolo Blahnik**, conocidos como manolos. ¡Divinos!

Christian Louboutin es el diseñador francés que calza a las celebrities con su famosa suela roja.

Ferragamo era el zapatero de las estrellas de Hollywood como **Audrey Hepburn** o **Marilyn Monroe**. Inventó el tacón de cuña y el de jaula. ¡Súper chic!

Mr. Looney y Miss Glamour

Con el espejito de Liseta como linterna, no tardamos mucho en encontrar la trampilla. Salir por ella ya fue otra cosa.

—¡Empújame hacia arriba, Liseta; si no, no puedo!

La cosa estaba complicada. Liseta me empujó con todas sus fuerzas y, por fin, logré sacar la cabeza y luego, haciendo fuerza con las manos, el resto del cuerpo.

Pero ¡¿qué era aquello?! Estaba en medio de un jardín; pero no era el jardín de Serena, sino otro; del otro lado del canal.

Tiré de Liseta desde fuera y salimos las dos.

—¿Dónde estamos? —preguntó—. ¿Y adónde vamos?

Le expliqué rápidamente nuestra nueva ubicación. Afortunadamente, un enorme ciprés nos ocultaba. ¡Allí había mucho movimiento! Varios hombres guardaban cajas, en silencio y vigilando que no entrara nadie. Y uno de ellos era... ¡PEPPE ÑAPPAS!

Entonces, aquél era el jardín de los Dogi, Arnoldo y Segismundo. Donde la antigua Serena había estado encerrada.

Salimos, con mucho cuidado de que no nos vieran, hacia nuestro próximo destino: el **WARRY'S BAR**.

—¡UF! —exclamó Liseta, ya fuera del palacio—. Hoy no ganamos para sustos. ¿Qué estarían haciendo ahí dentro? —preguntó.

—No lo sé —respondí—, pero parecían manejar material sensible. ¿Viste con qué cuidado transportaban las cajas?

Liseta asintió con la cabeza.

—Después resolveremos el misterio del Palazzo Negri. Ahora, lo más importante es ir a buscar a Matilde para rescatar a nuestros amigos y a Amanda.

Cruzamos el Gran Canal por el puente de la Academia y llegamos al **WARRY'S BAR**, un lugar mítico, con un montón de gente en la puerta que trataba de conseguir el autógrafo de algún famoso, y en el que... no nos dejaron entrar.

—¿Adonde creen que van? —dijo un señor muy grande, con gafas negras y un auricular en la oreja, deteniéndonos ipso facto—. Esto es una fiesta privada y me parecen demasiado jóvenes para estar invitadas.

—Y además, éstas no son famosas —dijo una de las chicas que trataban de conseguir autógrafos—. No son nadie.

—¿Perdón? —saltó Liseta roja de furia—. ¡Pues claro que somos alguien!

¡Lo que nos faltaba!

—¡Tenemos que entrar! —le expliqué al señor—. Nuestros amigos están atrapados bajo un canal y también Amanda Sigaret, que es muy famosa...

—Ésa me suena —afirmó la chica—. Es la de *Quién quiere casarse con Amanda*, ¿no? Fue famosa durante unos... cinco minutos, pero ya nadie se acuerda de ella.

—¡Sí que lo es! —protestó Liseta—. Ha salido en todas las noticias.

El señor de la puerta nos apartó a las tres con la mano, sin hacernos ni caso, para dejar pasar a un caballero que lo saludó con muchas palmadas en la espalda.

—¡MARCELLO! —gritó el primero.

—¡GIORGIO! —saludó el gorila—. Mister Looney, ejem; pase, por favor —dijo, retirando el cordón rojo que nos impedía el paso.

—¡ES GEORGE LOONEY! —exclamó la chica que estaba a mi lado—. ÉL sí que es famoso, no como las pringadas de tus amigas, Amanda y la de los rizos.

Tuve que detener a Liseta antes de que formara un buen lío allí mismo.

—¡AAAAH! —gritó entusiasmada la cazadora de autógrafos al ver a otra persona—. ¡Ahí llega su novia, Angelina Glamour! Va a hacer una película con George Looney, que es su novio. ¡Qué guay!

Y entonces, la superestrella de cine nos lanzó un beso con sus famosos labios en forma de corazón.

¡Qué guapa!

—Es que aquí no entra nadie que no sea megafamoso —explicó nuestra compañera de puerta.

Entonces Liseta me pegó un tirón del brazo.

—Rápido, Zoé, este gorila no va a dejarnos pasar ni aunque las ratas se coman a Amanda, a Nails, a *Kira*, a Álex y a Marc con patatas fritas. ¡Se me ha ocurrido una idea!

Liseta me enseñó su bolso, señaló a la cazadora de autógrafos y, después, la puerta del cuarto de baño. Acto seguido se acercó a nuestra amiga.

—¿Pues sabes qué? —dijo, empezando la conversación—. Me han dicho que va a venir Matilde; sabes quién es, ¿no?

—¡Pues claro! —exclamó—. La cantante de **FRENCH CON-NECTION**, ¡me chifla! Pero ¡si ya está aquí! Antes he visto llegar a Paul.

—¡Pues no! ¡A ver si consigues su autógrafo! —gritó Liseta mientras me arrastraba hacia un callejón.

Ya sabía lo que iba a hacer conmigo: un truco que ya habíamos ensayado con éxito en nuestra aventura en Barcelona... iba a convertirme en...

¡Matilde!

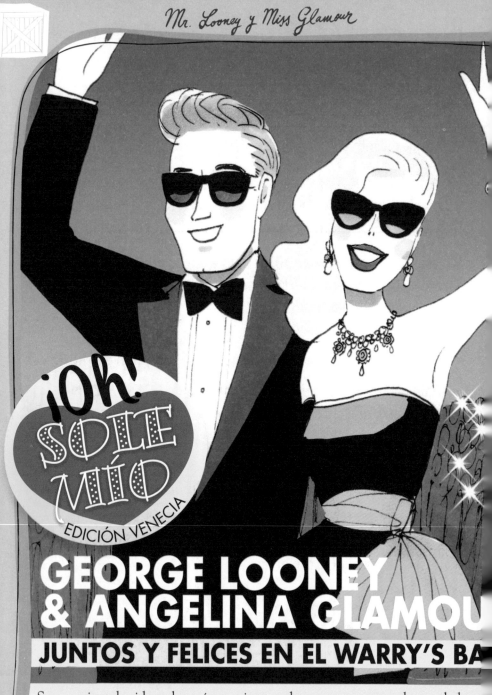

¡Oh! SOLE MÍO

EDICIÓN VENECIA

GEORGE LOONEY
& ANGELINA GLAMOU

JUNTOS Y FELICES EN EL WARRY'S BA

Son pareja en la vida real y serán pareja en el cine. La bellísima **Angelina Glamour** y el galán **George Looney** llevarán a la pantalla la historia de *Serena y el palacio maldito*, una hermosa y trágica historia

de amor que vence al paso de los s ¡Han sido vistos en el **Warry's Bar** te el Festival de Cine de Venecia, vez que salen a la calle... ¡la lían pa Son LO +.

Very Important Zoé

No fue fácil, desde luego, pero Liseta lo consiguió. Comida de gato, no, pero de lo demás, en su bolso hay de todo.

—¿Ves? —preguntó—. ¿A que eres igualita que Matilde?

Me miré en el espejo del cuarto de baño y la verdad es que tenía razón. **¡Era imposible distinguirnos!** Ahora sólo faltaba que nuestra amiga fan de los famosos hiciera su parte del trabajo.

Primero, salió Liseta y avanzó hacia la puerta del **WARRY'S BAR**. Y, entonces, dio comienzo nuestro plan.

—¡ES MATILDE! —gritó; y todas las cabezas se volvieron hacia mí.

¡FLASH, FLASH!

Los fotógrafos estaban disparando sus cámaras. **¡Habían picado!**

—Por favor, abran paso —dijo el gorila abriendo el cordón rojo—. No me había dado cuenta de que hubiera salido, señorita —dijo muy amable.

—Je, je. —Sonreí algo nerviosa—. Quería tomar un poco el aire, que ahí dentro hace un calor...

—¡Un momento! —gritó Liseta—. Vamos juntas.

—**¡Eh!** —gritó la fan de los famosos—. Que ésa estaba aquí a mi lado hace un momento.

El señor de la puerta me interrogó con la mirada y yo sonreí.

—Es mi... entrenadora de taichi para el gato de mi tía abuela que... —dije, soltando lo primero que vi. ¡Enfrente había un gimnasio en el que anunciaban clases de taichi!

Liseta me echó una de las **MDOFQSPNTCDUV**, o sea, Miradas de **OJOS FURIBUNDOS QUE SIGNIFICAN «POR QUÉ NO TE CALLAS DE UNA VEZ»**, y se coló rápidamente a mi lado y le sacó la lengua a la fan. ¡UF! ¡Lo habíamos conseguido! Ahora sólo faltaba encontrar a Matilde. Y allí, había un montón de gente.

—**¡Y todos megafamosos!** —exclamó Liseta, con los ojos que empezaban a hacerle chiribitas.

Pues sí: allí estaban George y Angelina, Leopardo Dil Carpio...

—**¡Ahhh!** —exclamó Liseta—. ¡Es él!

Tuve que hacer una maniobra de distracción desesperada.

—¡Mira, LADY KK en bicicleta! —grité—. Con un sombrero de góndola, ¡cómo mola! —dije—. ¡Y ahí está VICTORIA PECKAS con un oso que baila break dance! Y...

Y nada. Liseta tenía los ojos muy abiertos así que podía ver las chiribitas dentro. Cogí un vaso de agua con gas de un camarero que pasaba justo a nuestro lado y se lo lancé a la cara. Es lo único que funciona cuando le da uno de sus ataques de famositis aguda.

El camarero me ofreció otra bebida en su bandeja.

—Señorita Matilde, soy su ***fans*** —dijo, acercándose—. Trabajo de camarero en mis ratos libres; en realidad soy DJ, Arnold DJ, y pongo todas sus canciones.

¿Arnold DJ, Arnold DJ? Se parecía a alguien.

—Pues es clavado a Arnoldo, el de Serena —dijo Liseta.

—Es que es mi tatatatatatatatatatatatatatata... ¡Uf! Perdone que respire —dijo el camarero DJ—; tatatatatatatarabuelo.

Bueno, aquello estaba repleto de descendientes de los protagonistas de la historia del palacio maldito. Aunque, la verdad, con oficios muy cambiados. Y es que, cuatro o cinco siglos dan para mucho.

Entonces, una voz familiar me taladró la oreja.

—¡Matilde! ¿Liseta? —chilló.

¡Era Tatiana Von Gumm and Candies!

—¡Hola, TATI!, acabamos de llegar —dije, sin darme cuenta—. Bueno, no, no exactamente. —Glups; se suponía que yo era Matilde.

—¡Pero si te he visto hace una hora! —exclamó—. Te dije que llevabas un vestido precioso, que no es este que llevas ahora. No entiendo nada.

—Te lo explicaré todo rápidamente, pero ahora tienes que ayudarnos a encontrar a mi hermana...

—¿A Zoé? —preguntó extrañada—. ¿Qué hace aquí?

—No, a Matilde —dijo Liseta.

¡Menudo lío estábamos formando!

—Pero si Matilde está aquí; eres tú—dijo Tati, rechazando, temerosa, el cóctel que le proponía Arnold DJ—. ¿O no? ¿Habré bebido demasiado?

Dudé un momento si explicarle todo a Tati pero teníamos que darnos prisa. Opté por la solución más rápida y más fácil.

—Tati, ¿dónde me viste antes? —pregunté, muy en serio.

Tatiana me miró sorprendida antes de contestar.

—Pues, ya sabes; estábamos las dos ahí arriba, charlando de tu padre y de *Edmundo* y de *Dantés*, ¿no?

Lo dijo con mucho cuidado, como si no estuviera ya muy segura de lo que estaba pasando allí.

—¡Gracias, Tati! —exclamé, dándole un beso.

Tatiana nos miró alucinada y se marchó hacia la barra a pedir un café bien cargado.

—Vale, Zoé —dijo Liseta—. Tenemos que actuar.

—De acuerdo, para encontrar a Matilde —apunté—. ¿Subimos?

—Tú no puedes subir. No puede haber dos Matildes a la vez —objetó—. ¡Tienes que meterte en el baño hasta que la encuentre!

Tenía razón. Pero era un poco peligroso para el plan dejarla sola con tanto famoso junto.

—Muy bien, me escondo en el baño —acepté—, pero tú tienes que prometerme que no vas a acercarte a Leopardo Dil Carpio sin mí. ¡Promételo!

—Prometido —dijo Liseta, a regañadientes—, pero no prometo nada si es **ÉL** quien se acerca...

¡A mí!

Arnold DJ

Ocupación
Camarero en el **WARRY'S BAR**
(y DJ en sus ratos libres).

Ama
A Serena del Giardinetto, tierna,
apasionadamente, hasta la locura.

Odia
Las canciones cortitas
(y que no le den propina en el bar).

Sueña
Con pinchar en el **CHACHACHÁ**
de Ibiza con David Peta y Lady KK.

A veces veo... Matildes

Liseta se fue y yo me encerré en el cuarto de baño para que nadie me viera. Fueron sólo diez minutos, pero a mí me pareció que pasaba una hora. Cuando estaba arrepintiéndome de haberla dejado ir a buscar a mi famosa hermana, Liseta llamó a la puerta.

—¡Zoé, sal de ahí! —exclamó—. ¡Matilde está aquí conmigo!

Abrí la puerta y allí estaban las dos...

¡Genial!

—Zoé —dijo Matilde—, Liseta me ha contado lo que ha pasado. ¡Vamos a buscarlos inmediatamente!

Justo en ese momento, entró Tatiana con una copa en la mano. ¡Y menudo susto se pegó!

No, no estaba equivocada. ¡Allí había dos Matildes! Primero miró a Matilde, luego me miró a mí y después volvió a mirar a Matilde. ¡Y después vació el café en el lavabo, salió corriendo y se encerró en uno de los cuartos de baño!

—Tati, no has bebido demasiado, te lo explicaremos luego
—dijo Liseta riéndose y tratando de bajar la voz—. ¡Zoé!
Tienes que volver a ser tú misma o no podremos salir
de aquí.

—O todos en la fiesta pensarán que ven doble —añadió Matilde riéndose también.

Devolví mi pelo a su estado natural y me bajé de los taconazos que me había encontrado Liseta en el fondo de su bolso mágico.

—Ya soy yo otra vez —dije—; y ahora, ¡salgamos!

El camarero de antes, Arnold DJ, nos detuvo antes de la salida.

—Esta noche pincho —anunció, tendiéndonos un folleto—. ¡Pasaos!

Me guardé el folleto en el bolsillo y nos dirigimos hacia la puerta de los cazadores de autógrafos y los fotógrafos; y otra vez, el guardia de seguridad nos abrió paso.

—¡EH! —gritó nuestra amiga de la entrada—. Yo a ésas las conozco. Son las pringadas de antes. ¡Que no son famosas!

Demasiado tarde. Liseta, Matilde y yo doblamos la esquina hacia el Gran Canal.

—¡Rápido! —exclamé—. Tomemos un vaporetto para llegar antes.

—¿Vaporettooooo? —preguntó Matilde riéndose—. Mejor que eso —dijo, saltando al agua.

¡Qué susto! Parecía que saltaba al agua, pero en realidad lo hizo sobre la cubierta* de una lancha de madera superchula que había dejado amarrada justo antes de entrar en el WARRY'S BAR. Y en la lancha nos esperaba... ¡Paul!

—¡Vamos! —exclamó Matilde; y zarpamos rumbo al Palazzo Negri.

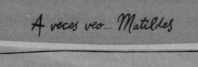
¿Puede haber algo más alucinante que navegar en Venecia con tu hermana en una lancha a toda velocidad? Por si a alguien le cabe la menor duda, la respuesta es...

... **NO**.

La libreta de Zoé

¿Cuánto sabes de *Venecia*?

En el Gran Canal hay más de:

a) doscientos palacios.

b) doscientos barcos.

c) doscientos kilos de bolsas de plástico.

La Fenice es...

a) un teatro que se quemó en 2003 y se reconstruyó idéntico al anterior.

b) un teatro que se quemó en 1903 por culpa de una barbacoa.

c) un teatro en el que actuó Lady KK y la lio bien gorda.

De la plaza de San Marcos han dicho..

a) que era el lugar ideal para echar un partidito de fútbol. (Marco Polo.)

b) que era el salón más bello de Europa. (Napoleón.)

c) que las palomas no le salían bien en los cuadros ni a la de tres. (Tiziano.)

Soluciones: 1.a; 2.a; 3.b

Dos palacios

Recorrimos el Gran Canal en la lancha en menos de lo que Liseta tarda en pintarse los labios con su espejito con luz, hasta llegar al embarcadero del palacio de los Dogi. Y de repente, me asaltó una duda: ¿cómo íbamos a llegar hasta la trampilla del jardín sin que nadie nos viera? Entonces...

—¡EH! ¿Qué están haciendo ahí? Esto es propiedad privada.

Era Peppe Ñappas.

Matilde sacó su mejor sonrisa y se dirigió a Peppe.

—Queríamos hacer un reportaje fotográfico en el patio de este maravilloso palacio y, quizá, sacarle a usted; ¿qué le parece?

—¿A mí? —preguntó Ñappas con incredulidad—. Bueno, no sé; la verdad es que nunca he salido en ningún sitio y...

Mientras hablaba y dudaba, ya habíamos saltado del barco y estábamos dentro del jardín.

Matilde se colocó delante del ciprés y comenzó a poner posturitas. Liseta sacó una cámara del bolso y Paul comenzó a disparar, como si estuviera haciendo un reportaje para una revista de moda.

—¡No se acerquen al ciprés! —exclamó Peppe—. Es un recuerdo de familia. ¡Tendré que echarlos!

—¡Póngase aquí a mi lado! —dijo Matilde, sonriendo más todavía.

Peppe se acercó con cara de pocos amigos y nos miró fijamente, primero a Liseta y luego a mí.

—Yo conozco a estas mocosas. ¡Ésta es la hijastra de la de la loca del gato! —gritó al reconocernos.

—¡Oiga, que yo no soy la hijastra de nadie! —exclamé enfadada. Que Amanda no es mi madrastra, porras. ¡Eso quisiera ella!

—¡Fuera de aquí! —gritó Peppe Ñappas, hecho un Basilisco.

Matilde y Paul nos dieron la mano y salimos corriendo, mientras Peppe agitaba el puño, gritando unas cosas que prefiero no repetir.

—Pasa algo —dije, convencida—. Peppe Ñappas tiene algo que ocultar ahí abajo. y no quiere que lo descubramos.

De un salto, volvimos a la lancha.

—No nos queda más solución que entrar por el Palazzo Negri, al otro lado del canal —señalé.

—Bueno, no está muy lejos —dijo Matilde girando hacia la otra orilla—. Espero que este señor no nos vea...

Peppe Ñapas había desaparecido de la vista y pudimos amarrar la lancha en el pontón del Palazzo Negri fácilmente. Entonces sólo faltaba volver a entrar.

—Ningún problema —dijo Liseta—, ¡estas horquillas son fantásticas! —Y abrió la puerta con una de ellas como si se tratara de una llave.

Volvíamos a estar en el punto de partida. El enorme recibidor a oscuras, el salón, la chimenea, el retrato de Serena y...

—¡Mira! —exclamó Liseta—. ¿No es el camarero del **WARRY'S BAR**, el DJ; Arnold no sé qué?

Junto al retrato de la antigua Serena había otro cuadro con dos hombres: uno era igualito que Arnold DJ, y el otro era clavado a... **¡Peppe Ñappas!**

Una pequeña placa indicaba que eran los príncipes del Dogi: Arnoldo y Segismondo. ¿Arnold DJ y Peppe Ñappas eran hermanos? ¿Y qué hacía ahí ese cuadro? La verdad es que no me di cuenta y me hice la pregunta en voz alta.

—Cuando Serena murió, el malvado Segismondo consiguió arruinar a su padre, el comerciante Negri, quien tuvo que vender su palacio a los Dogi —dijo una voz detrás de nosotros, que no era la de Matilde ni la de Liseta, y mucho menos la de Paul...

¡AHHHHHH!

¡Qué susto! ¡Era, otra vez, Serena! Serena del Giardinetto, en plan fantasma. ¡Cómo le gustaba aparecer cuando menos se la esperaba! Pero además, ¿qué estaba haciendo allí?

—He visto la puerta abierta —dijo, por toda aclaración— y he entrado a ver qué pasaba.

—Tú pasas mucho tiempo en este jardín, ¿verdad? —preguntó Liseta, algo mosca.

—Bastante —dijo Serena—, pero es que esta casa significa mucho para mí. Fue de mi familia hace muchos años, ¡siglos!

—Porque el Palazzo Negri no es de los Negri —dije, pensando—, sino de los Dogi.

—Exacto —respondió Serena—, de Peppe Ñappas y Arnold, su hermano, el DJ. ¿Lo habéis conocido? Es tan simpático... —dijo con los ojos llenos de luz—. No quiere deber nada a su familia, por eso trabaja en el **WARRY'S BAR**.

Paul y Matilde contemplaban a Serena muy emocionados. ¡Estaba muy claro que estaba loquita por Arnold DJ!

—Bueno —dije, interrumpiendo el momento violines—; tenemos que encontrar a Amanda y al resto de la Banda. ¡A la chimenea!

Liseta apretó en el centro de la flor de naranjo y la chimenea se abrió delante de nosotros, dejando a la vista un bonito túnel en el que no se veían tres en un burro.

—¡Yo primero! —me pedí, entrando con el espejito de Liseta a modo de linterna.

Los demás me siguieron y cuando todos estuvimos dentro, la chimenea se cerró otra vez con un estruendoso...

¡¡¡BRAAAAAAA BROUMMMMMM!!!

El sonido retumbó en el túnel y, después, se hizo el silencio. ¡Qué oscuro estaba! Matilde le dio la mano a Paul y Liseta se pegó a mi espalda. Yo no tenía miedo. Sabía que encontraríamos a nuestros amigos y a Amanda justo unos metros más allá; exactamente al doblar una esquina... allí donde...

¡NO QUEDABA NI EL GATO!

Bueno, algo sí que quedaba. Allí, medio tirados a un lado, estaban los zapatos de Amanda, los bartolos.

Pero ¿qué podía haber pasado con los demás?

¡Se habían esfumado!

Las notas de Marc

LENGUAJE MARINERO

CUBIERTA

Cada una de las superficies de un barco, especialmente la superior

AMARRAR

Sujetar un barco por medio de cadenas, anclas o cabos.

PONTÓN

Lugar al que se amarra el barco y por el que se sale a pie.

Al final del túnel

¡Aquello era inaudito!

Ni rastro de Marc, *Kira* o Álex; y mucho menos de Amanda o de Nails. ¿Cómo habrían podido salir del túnel por aquella trampilla en el estado en el que se encontraba Amanda? Era imposible.

—Nada es imposible —dijo Paul—. Si han salido, es que hay alguna otra manera de salir...

—Está claro que no se han esfumado sin más —añadió Liseta con una risita nerviosa—. Y que yo sepa, los aparatos de Álex todavía no hacen volar.

Entonces Serena me hizo una seña, tímidamente.

—Yo... conozco una salida. —Todos nos volvimos hacia ella, que siguió—: Si tomamos el túnel a la derecha, encontraremos una puerta.

133

Seguimos sus indicaciones y avanzamos por el túnel. ¡UYYY! Entonces, empezamos a oír ruidos. Primero, un leve temblor, que, poco a poco, se volvió más intenso: era un sonido grave y rítmico, como una tribu africana en la lejanía.

—Aquí está pasando algo —dijo Matilde, mientras retumbaban las paredes del túnel—. ¡Es como estar dentro de un tambor gigante!

—¡Tengo miedo! —exclamó Liseta, echándose para atrás.

—No os asustéis —dijo Serena—. Esto es normal.

—¡Esperad! Pero ¡si es una de nuestras canciones! —reconoció Paul.

—No puede ser —dijo Matilde, deteniéndose a escuchar—. Sí, es «Love me forever».

Aquello era el colmo. ¡¿Canciones de *FRENCH CONNECTION* dentro de un túnel bajo los canales de Venecia?!

Y para rematar, ¡una luz! Al final, había una lucecita que se filtraba de manera intermitente e iba haciéndose más potente a medida que nos acercábamos.

—¡Mirad! —exclamé—, una puerta. Parece como una salida de emergencia o algo así.

—Es muy antigua —dijo Serena—. Tiene unas iniciales grabadas en la madera: S y A.

¡Serena y Arnoldo!

—Pues ahora parece una discoteca —aseguró Liseta, escuchando atentamente—; por cierto, se llama ¡**DISCO TÚNEL!**

Paul empujó la puerta y una luz cegadora nos deslumbró. Sonaba a todo volumen «Love me forever». ¡Aquello era una mega discoteca, pero de verdad!

Liseta y yo entramos pegadas a Matilde y Paul, y después lo hizo Serena. Y cuando se nos acostumbraron los ojos a la semioscuridad de la disco, ¡nos quedamos ALUCINADOS!

Marc y Álex bailaban en el centro de la pista, junto a *Kira*, que no parecía una tranquila perrita labrador, sino una peonza. Y Tatiana Von Gumm and Candies volaba, ligera como una pluma, siguiendo el ritmo de la canción de

FRENCH CONNECTION con sus loros *Edmundo* y *Dantés*, que revoloteaban como locos. ¡Qué imagen!

Amanda y Nails pinchaban canciones junto a Arnold DJ, y la gente bailaba sin parar y gritaba...

¡FIESTAAAAAA!

Pero, ¿qué era aquello?, ¿Y cómo habrían llegado hasta **ALLÍ** con Amanda incapaz de moverse?

Y para colmo, Serena... De repente empezó a poner una cara muy rara, una cara que me recordó mucho a la de Liseta, cuando ve algún modelito de ésos de fiesta que le vuelven loca. Pero Serena ponía esa cara cuando miraba a...

¡Arnold DJ!

Liseta también se dio cuenta.

—¡Serena tiene arnolditis aguda!

—¡Argh! —grité yo—. Espero que no sea contagioso.

Serena se volvió hacia nosotras sonriendo. ¡Parecía brillar en medio de la oscuridad!

—¿No es maravilloso? —exclamó dando un saltito— desgraciadamente, nuestras familias no son muy amigas, así que siempre vengo por los viejos túneles para verlo. ¡Por eso conozco tan bien este camino!

Así que, aunque Serena rondara por los túneles, de fantasma no tenía nada.

Al final del túnel

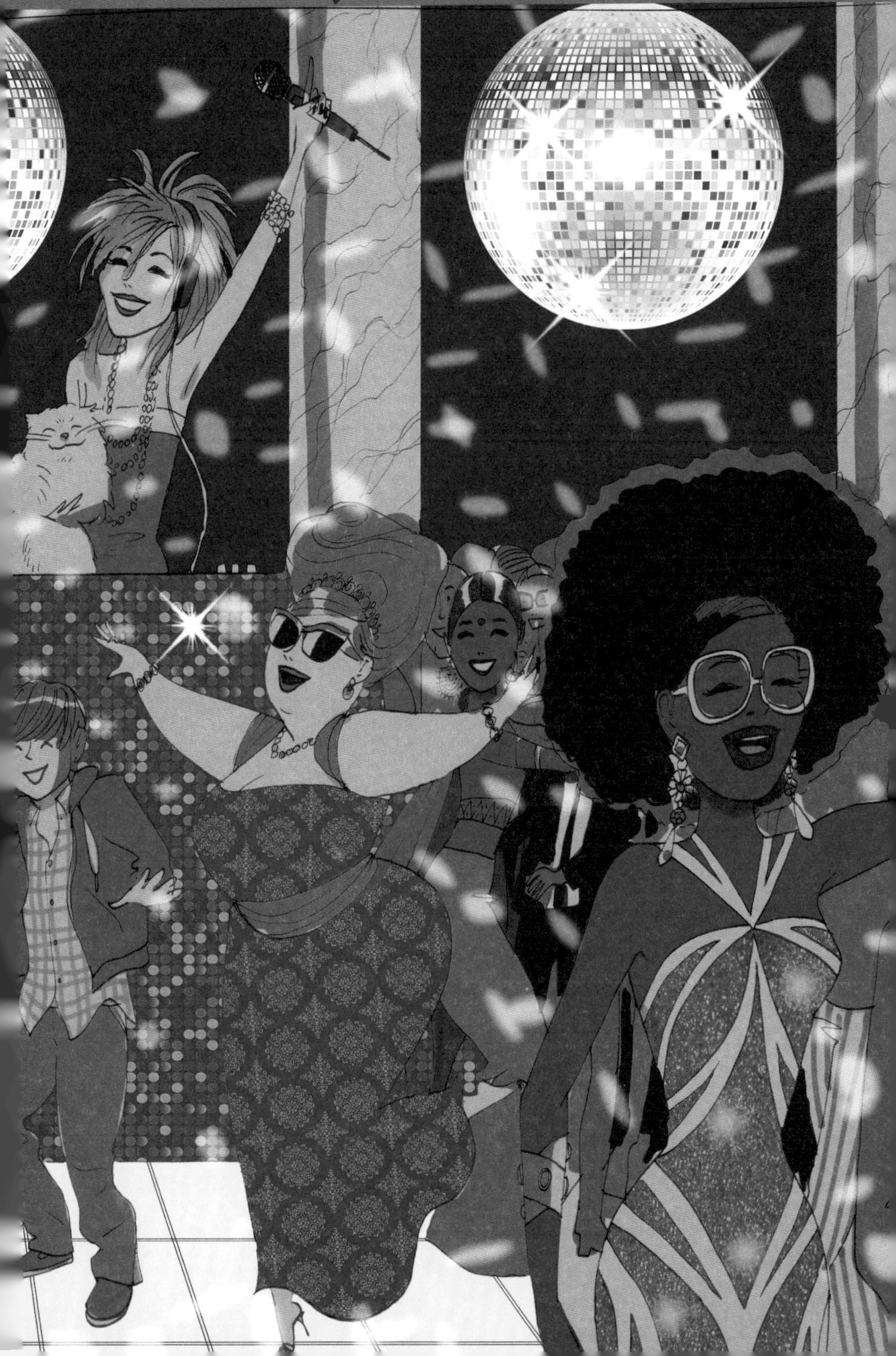

El récord de Amanda

Por fin se nos acercaron nuestros amigos bailarines. Marc fue el primero en llegar.

—¡Me encanta Arnold DJ! ¡Qué marcha tiene!

—Ya —dijo Liseta—, pero la que tiene una megamarcha es Amanda. ¿Cómo ha podido andar hasta aquí?

Álex llegó también, con la cara muy roja, de tanto pegar saltos.

—¡No os lo creeríais! —afirmó—. Amanda no ha andado, ¡ha corrido! Y ha batido un récord, gracias a un ratón.

—Un ratoncito así de pequeñito —precisó Marc—, que apareció cuando estábamos esperándoos. Cuando Amanda lo vio, pegó un grito que nos heló la sangre y salió corriendo, sin zapatos ni nada, hasta la salida; así batió el récord olímpico: diez segundos con cuatro décimas.

—Le dan pánico los ratones —añadió Álex—. Y a *Nails* también; lo cual es bastante ridículo si tenemos en cuenta que *Nails* es un gato.

—Y la lástima es que el récord no sea oficial —explicó
Marc—, porque estábamos en un túnel, no había jueces
ni nada, y en la otra calle corría un gato... ¡**En fin!**

Liseta y yo nos miramos. ¿Estábamos oyendo las dos lo
que estábamos oyendo o era fruto de nuestra imagina-
ción? **¿Marc también se había vuelto loco?**

—Marc —dije—, está muy bien que hayamos conseguido rescatar a Amanda y que haya batido el récord en los cien metros túnel, pero me da la impresión de que aquí quedan cabos sueltos, ¡demasiados!

—¿Te refieres al secreto del Palazzo Negri? —preguntó.

—Sí —respondí—, y a lo que se traiga entre manos Peppe Ñappas. ¡Ahí hay gato encerrado!

Nails nos miró con los ojos entrecerrados desde el puesto del DJ, en lo alto de la pista de baile. ¿Nos habría oído?

—Yo creo que aquí ocurre algo, pero desde hace cuatrocientos años. ¡Y tenemos que descubrirlo! —añadí.

Marc miró hacia la pista, donde todos volvían a acercarse después de que Arnold DJ hubiera puesto una de mis canciones favoritas del grupo de Matilde, *«Fun is everything»*. Y después me miró con resignación.

—¡Está bien! —exclamó—. Investiguemos el misterio del palacio de Serena hasta el final. Pero lo primero que tendremos que hacer es interrogar a Amanda. ¡Ella y sólo ella sabe cuál es el secreto!

—Sí —añadió Alex—, pero después de bailar esta canción, ¡es mi favorita!

Liseta le echó la **MFANBNOLLP** (o **MIRADA FUL-MINANTE DE «AQUÍ NO BAILA NADIE O LA LÍO PARDA»**) y nos acercamos a Amanda con intención de interrogarla mientras Paul y Matilde cantaban en directo. ¡Tenía que contarnos cuál era el secreto!

Marc trató de acercarse y Amanda le hizo la cobra ¡Uy! ¡Qué manera de esquivarlo!

—¡Amanda! —gritó Marc, por encima de la música—, tienes que contarnos qué descubriste en el túnel. ¡CUÁL ES EL SECRETO!

Pero Amanda bailaba levantando los brazos y sacudiendo la melena de lado a lado.

¡Tenía bastante ritmillo!

—¡Ja, I love dancing! —exclamó, bailando como Michael Chackson—. Paso de vosotros, monikakos. ¡Id a jugar a los agentes secretos a la guardería infantil! ¡Memos!

¡Se había vuelto majareta con la música! Iba a ser imposible sacarle alguna información; a menos que....

Menos mal. De repente, se me ocurrió una idea.

¡Y qué idea!

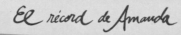

Las notas de Marc

EL RÉCORD DE 100 METROS LISOS

Para obtenerlo, hay que **correr** 100 metros en un suelo nivelado y sin obstáculos. Es la competición de carreras de velocidad más importante y es prueba olímpica desde **1920**.

Los atletas más veloces lo consiguen en alrededor de 10 segundos con una velocidad media de **37 km/h**.

Usain Bolt lo consiguió en menos de 10 segundos, concretamente en **9,58**. Y en la categoría femenina, la campeona es **Florence Griffith** Joyner con un tiempo de menos de **10 segundos y medio**.

Amanda y **_Nails_** no cuentan. Descalificados por correr sin zapatillas y por ser gato.

Alerta Glamour

Esperamos al día siguiente para que Amanda se recuperase de su momento musical y la atacamos cuando bajó a desayunar a la terracita del hotel Il Último Gritti.

Matilde había usado sus contactos para que, en ese mismo instante, un camarero que no era Arnold DJ se acercara a Amanda y preguntara:

—¿La señora Sigaret?

—Sí, soy yo —respondió ella—. ¿Quién me busca?

—El señor Looney, George Looney —dijo, pasándole el teléfono de Álex, que había vuelto a revivir.

La cara de Amanda también habría batido récords.

—¿Geooooooorrrrrge? —dijo, sacando su voz más aterciopelada y supuestamente sexy—. ¡Hola, darling!

—Errr, jelou Amanda —dijo Paul, poniendo su voz más aterciopelada y supuestamente sexy.

—Querrrrrridooo, ¿dónde estáaasss?
—preguntó acercándose mucho al teléfono. ¡Vamos, que parecía que iba a comérselo!

—Te llamo porque estamos preparando la película de Serena y la maldición del palacio de Venecia, y nos han dicho que tú eres la más diviiiiina, y, además, la que más sabe de los secretos del palacio, je je.

—Pues quien te lo haya dicho, te lo ha dicho bieeeeeen, my love.

¡Como se enrollaba! O iban al grano o, desde luego, no íbamos a resolver nada antes de que Nic fuera a la universidad.

—Oye, Amanda —dijo Paul, después de que Matilde le diera un pellizco (cariñoso) para meterle prisa—, que me cuentes ya todo lo que sabes y te buscamos un papelito en la película.

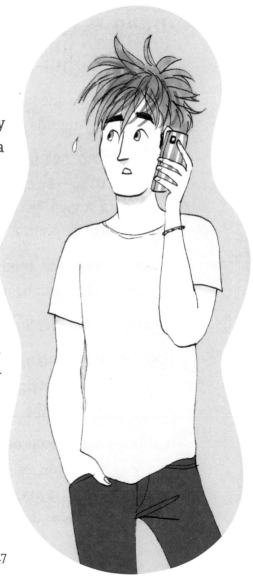

—¡Uy! —se rio Amanda—, yo me veo muy *Serena*, la verdad; de hecho...

Álex le arrebató el teléfono a Paul y cortó a Amanda.

—El secreto, el secreto —dijo—. Aprovecho para pedir un granizado de fresa, que me está entrando sed.

—¡Geooooo**r**ge! —exclamó Amanda—, te noto como muy... raro

147

—Es que la sed me transforma la voz. ¡Camarero, ese granizado! —cortó Álex—, y olvídate de Serena, porque va a ser Angelina GLAMOUR, no tú, fastídiate.

A Amanda le sentó fatal la noticia.

—Pues ¿sabes que te digo, George?, que el secreto te lo cuente... ¡Angelina! **¡Bye Bye, chato!**

Y colgó.

¡Nos habíamos quedado sin saber nada de lo que había descubierto Amanda acerca del secreto del palacio!

—**¡Álex, no tenías que haberle dicho lo de Angelina!** —se enfadó Liseta—. La especialista en Amanda soy yo. Igual que la especialista en horquillas para abrir puertas.

Fuera lo que fuese, tendríamos que inventarnos otra cosa. Amanda quedaba descartada.

¿Quién podría saber algo del secreto? ¿Quién?

¡Uy! Peppe Ñappas y, casualmente, acababa de entrar en la terraza del hotel.

La táctica podría ser la misma. Menos de dos minutos bastaron para reciclar nuestro plan.

—¡Signore Ñappas, Señor Ñappas! —preguntaba el camarero, paseándose con el teléfono en la mano.

Peppe Ñappas se volvió al oír su nombre.

—¡Soy yo! —dijo sorprendido.

El camarero le pasó el teléfono y Peppe se lo puso en la oreja.

—¿Peppe Ñappas? —pregunté con mi voz supuestamente más aterciopelada y glamurosa que pude.

—El mismo —respondió—. ¿Quién me llama?

—Soy la actriz más famosa y glamurosa de Hollywood, Angelina Glamour, je je, claaaaro.

—¡Ahí va, mi madre! Si yo soy su **fans**. ¿De verdad? —preguntó.

—Pues claaaro —dije, imitando la voz de Amanda, más que la de Angelina—. Necesito que usted me cuente el secreto del Palazzo Negri, para la próxima película que voy a hacer, ¡pinchoncín!

No podía ver la cara de ÑAPPAS por el teléfono, pero sí la de Álex, que hacía su gesto de «voy a vomitar».

—¿Pues sabe lo que le digo, señorita Glamour? —dijo Peppe—. Yo le voy a contar **TODO** para que su película sea la mejor y le den otro Póscar.
¡Es usted la mejor!

Todos contuvimos la respiración. ¡Iba a **contarnos el secreto!**

Escuchamos a Peppe respirar y después...

—Je je, el secreto **EEESSS**...

¡PI, PI, PI, PI, PI, PI! ¡Se había cortado! ¡Y YA!

¡Habíamos estado a punto de conseguirlo! Pero ¿qué podía haber pasado?

Álex estaba extrañamente agitada y un poco más roja de lo normal.

—He vuelto a quedarme sin batería —dijo, con cara de «¡¡PERDONADME POR FAVOR!!».

Marc no daba crédito. ¡Pero si tener el móvil cargado estaba en el primer capítulo de **MANUAL DEL AGENTE SECRETO PARA PRINCIPIANTES**!

—Eso te pasa por estar todo el día jugando con el móvil. Cuando lo necesitamos ¡ya no tienes batería!

No era momento para pelearnos, desde luego. Teníamos que hacer algo, **YA**.

Un momento, ¿qué era todo aquel revuelo que estaba montándose en la terraza?

—¡Es Angelina Glamourrrrr! —gritó el camarero—. ¡La auténtica!

¡ANGELINA GLAMOUURRR!

¡Tenía que ayudarnos!

—Miss Glamour —dije, acercándome—, soy su mayor admiradora.

—Se dice soy su *fans* —dijo Liseta emocionada.

—No —corrigió Marc —soy su *fan*, sin *ese*.

—Da igual —dijo Angelina, mirándonos con sus increíbles ojazos, agitando sus espectaculares pestañazas y sonriéndonos con sus famosos labios en forma de corazón.

Lo que pasó a continuación prefiero no desvelarlo. Angelina siempre exige absoluta confidencialidad; vamos, que no puedes contar nada de lo que hables con ella. Sólo puedo decir que Angelina es ¡GENIAL!

Primero, se acercó a la mesa de Peppe Ñappas. Después, le susurró algo al oído mientras Peppe escuchaba a punto de desmayarse. Y, para terminar, Peppe escribió algo en un papel, que le tendió a Angelina mientras ella le lanzaba un besito con la punta de los dedos.

¡Guau!
¡A Peppe se le salían los ojos de las órbitas!

¡Hizo exactamente lo que le pedí Y nosotros...teníamos la solución al secreto del palacio de Serena... en la punta de los dedos de Angelina Glamour.

¡Genial!, ¿no?

GRANIZADO DE FRESA

INGREDIENTES

400 gramos de fresa
150 gramos de azúcar
Un limón pelado y sin pepitas
Dos vasos de hielo

PREPARACIÓN

Con la supervisión de un adulto, mezcla en una batidora potente las fresas lavadas y sin el tallo verde, el limón, el azúcar y el hielo.

Sírvelo en vasos altos y con pajitas. ¡Refrescante, sano y delicioso!

El misterio de Venecia

¡Venecia era lo más!

La verdad es que no nos había dado tiempo a visitar ningún museo ni la colección Peggy Guggenheim ni la Academia ni nada, pero habíamos encontrado a Amanda (¡y sus zapatos!) y todavía teníamos tiempo de ir a los museos, o mamá no volvería a tragarse jamás lo de nuestra visita cultural.

— ¡Y a mí me apetece mucho! —precisó Marc—; que conste...

Pero lo mejor de todo era que nos habían invitado al rodaje de *Misterio en Venecia*, la nueva película con nuestros actores favoritos, George Looney y Angelina Glamour, basada en hechos reales: el secreto del Palazzo Negri.

Todos íbamos a tener un pequeño papel, incluidos Serena y Arnold DJ... ¡Qué chulada!

Y la peli..., bueno, la peli desvelaba el secreto del palacio, justo al final.

Un avaricioso banquero, Peppe Ñappas, se enamora de Serena del Giardinetto, una humilde lavandera.

Entonces, un famoso concertista de piano, Arnold DJ, cae bajo el encanto de Miss Giardinetto mientras ella lava calcetines.

Sin olvidarnos de Paul y Matilde como... Una pareja de músicos callejeros y Amanda Sigaret, en el papel insignificante de la inquilina del palacio maldito.

Y la gran estrella de la película: el gato que come caviar. (Ya no, porque se ha empachado y prefiere las latas de comida de gato.)

Y la Banda de Zoé, cuatro amigos que investigan el misterio en Venecia: la desaparición de Amanda en las mazmorras del palacio, cautiva por orden del malvado Ñappas, un delincuente que transporta bolsas con dinero negro, por los túneles de Venecia... y al que Amanda ha descubierto.

Entonces, una inesperada aliada de Amanda Sigaret, interpretada por la princesa Tatiana Von Gumm and Candies, envía a sus dos loros, convertido en dragones, a rescatar a Amanda de la lúgubre mazmorra...

—Un momento, un momento —exclamó Liseta—; pero esta película no se parece en nada a la verdadera historia; no ha habido banqueros ni, lavanderas, ni dragones ni nada.

—Pues claro que no —dijo Angelina Glamour—. ¿Quién ha dicho que las películas de Hollywood se parezcan a la realidad?

—Tienen que ser divertidas, emocionantes, pero ¿verdaderas?— añadió George, guiñándole un ojo a Matilde.

A Liseta no le convencieron los argumentos de las estrellas de Hollywood.

—Pero, al final, el secreto era que no había ningún fantasma —aclaró Marc—. ¡Porque Serena no murió! Arnoldo consiguió sacarla por el túnel que enlazaba los dos palacios: desde el ciprés de los Dogi hasta los naranjos de los Negri. Luego se vieron obligados a separarse y cada uno por su lado fundó una familia: los Dogi, por una parte y Serena, por otro. Y el palacio se lo quedaron los Dogi, donde Segismondo montó un negocio muy rentable gracias al truquito de hacer desaparecer a los inquilinos. Un negocio que ha durado cinco siglos.

—¡No hay nada mejor que un fantasma para atraer visitas! —señaló Álex—. ¡Y vender bocadillos! De eso estaban llenas las bolsas... de bocatas de choped, queso y ensaladilla rusa. Pena, no haber pillado una...

—Y, por fin, el amor triunfará —añadió Liseta, enlazando las manos—. Nuestros Serena y Arnoldo son los tatata-tatatatata...

—¡ARGGG! —gruñó Álex—. ¿Sabes lo que voy a decirte?

—Sí —respondimos todos—; QUE VAS A VOMITAR.

—Eso.

A Liseta no le afectó el comentario de Álex. Al contrario, siguió con la historia y la película, y lo poco que se parecían.

—Insisto. ¿Por qué no contamos que Peppe Ñappas sólo trataba de proteger el negocio de su familia? Les ha funcionado durante siglos: un castillo encantado con fantasma y todo... y miles de turistas haciendo cola para comprar bocadillos.

—Ya no—añadió Álex—. Desde que ya no se hablaba tanto del fantasma no vendía ni dos de pipas; tenía que sacar las bolsas... llenas de bocadillos caducados.

—Ahora entiendo por qué dejó a Amanda en el túnel, para que pareciera como que desaparecía —dijo Marc—. La necesitaba para reavivar la historia y que volvieran los turistas. El secreto era que no había fantasma.

—¡Pero Amanda desapareció! —objeté yo—, sólo que por otras razones, je je.

Angelina sonrió con su famosa boca, la que salía en todos los anuncios de lápices de labios de las revistas.

—No sé si una historia de bocadillos de choped y tacones rotos es tan atractiva como un amor de casi quinientos años, un fantasma llamado Serena y un palacio maldito —nos explicó, mientras Matilde asentía.

—¡Las películas son para hacernos soñar! —afirmó George.

—OK, OK —aceptó Álex—. Pero ¿alguien sabe dónde ha puesto Peppe Ñappas esas bolsas con montañas de bocadillos? ¡Me muero de hambre!

Visite nuestro bar

Ir al rodaje fue divertidísimo. Y la película *Misterio en Venecia* tenía toda la pinta de convertirse en un gran éxito. **¡Con una pareja de actores como ésa!** Además, Angelina y George nos invitaron al estreno.

—¡Iremos! —afirmé—, aunque habrá que inventarse algo, pues el viaje cultural me temo que no va a volver a colar.

—De eso nada —aseguró Marc—. Aquí tengo nuestro programa de hoy: a las doce, visita a la plaza de San Marcos, a las dos, vaporetto a la isla de Murano y a las cuatro, visita al renovado Palazzo Negri.

—¡PUAGGGHHH! —exclamó Álex—. En tu programa falta lo más importante. No veo visitas a heladerías ni pizzerías.

Ni siquiera una bolsa entera de bocadillos de Peppe Ñappas había conseguido frenar a Álex. Pero a Marc tampoco había quien lo frenara. Siguió:

—¡Nos vamos!

No pienso dejar pasar la oportunidad de conocer a fondo uno de los lugares más fascinantes del mundo.

—Está bien —concedió Liseta—, pero esta vez nada de Titanics, ni icebergs.

—No —acepté—. Te tengo preparada una sorpresa, je je.

¡Liseta abrió los ojos como platos cuando vio lo que tenía allí, a la puerta del hotel, lista para zarpar!

—¡UNA GÓNDOLA!

—Pues claro —dije—. Se llama *Liseta* , y hasta he ensayado una canción...

 ¡O SOLE MÍO!

Todos se taparon los oídos con las manos hasta que, claro, consiguieron que me callara; sé captar una indirecta.

Ya a bordo del **LISETA I**, zarpamos hacia nuestra primera parada.

—¡Zoé! Tengo una llamada en el móvil —dijo Álex—. Creo que deberíamos empezar nuestro recorrido por el Palazzo Negri. No me preguntéis por qué, pero es **URGENTE**.

—Creí que sólo la palabra palazzo te daba alergia —dijo Liseta, riéndose—, pero, vamos allá. ¡Zoé, al palacio de Serena!

Dicho y hecho, pusimos rumbo desde el Gran Canal hasta la otra orilla, donde se alzaba solitario y majestuoso el antiguo palacio de la familia Negri. Y, la verdad, apenas lo reconocimos. Peppe Ñappas había colocado carteles por todas partes.

Marc, Liseta, Álex, *Kira* y yo nos miramos horrorizados. ¿Qué había hecho Peppe Ñappas con aquel maravilloso palacio? Y para colmo, cientos de turistas llegados de todo el mundo se agolpaban con sus cámaras, en fila, esperando su turno para entrar. Lo que se dice ¡un exitazo!

¿Tendríamos que revelar su secreto para arruinar el negocio?

Serena y Arnoldo llegaron corriendo. Tampoco parecían nada contentos por cómo había transformado Peppe el negocio de la familia.

—Tenemos que detenerlo —suplicó Serena—. Me parte el corazón ver el cartel de los bocatas de salami junto al jardín. ¡Hay que hacer algo!

¿Algo?
¡Había que quitarlo todo!

Un final de película

Tengo que reconocer que sacar a Peppe Ñappas del palacio de Serena fue uno de los mejores momentos de la Banda de Zoé. Qué digo de los mejores,

¡Épico!

Y para ello contamos con una estrella invitada de primera:

Angelina Glamour

Llegó, como sólo las estrellas saben hacerlo: en góndola, con la melena al viento y dejando tras de sí una estela de admiradores rendidos a sus pies.

—Peppe, mon cherí, no me habías dicho nada de que quisieras transformar el palacio en una especie de chiringuito comercial turístico. **¡Pero si todavía falta rodar el final de** *Misterio en Venecia***!**

Peppe se sonrojó delante de su ídolo (o *ídola*, como dice alguna gente, aunque Marc dice que **ESA** palabreja no existe), y se apresuró a dar explicaciones.

—No veas cómo marcha el negocio, Angie —dijo, en plan colega— tengo tres turnos de fantasmas porque si no, no dan abasto a asustar por los túneles. Y los bocatas de salami ¡vuelan! Ya no me queda ni uno; y se acabó el trasiego de bolsas como antes. Que toma bocadillos del Palazzo Negri y llévalos al Palazzo Dogi, y así todo el día.

—**¡Qué lástima!** —dijo la estrella, arrugando su famosísima boquita de piñón, con gesto de decepción—. Yo que me imaginaba que esto sería ya siempre un templo para el amor, un lugar sagrado, un paraíso para los enamorados... y el escenario perfecto para nuestro final de película, claro.

Con cada frase, los ojos de Peppe Ñappas se hacían más y más redondos, tanto que parecía que iban a explotar.

—Eso está hecho, ángel de mis amores —dijo, arrancando los carteles de los 30.000.000 de rupias y los bocatas de salami.

»¡Fuera de aquí, turistas, chupópteros culturales, id con vuestras máquinas de fotos a otra parte! Esto es territorio protegido. Nos trasladamos todos al Palazzo Dogi, allí hay un fantasma que canta como Elvis en vez de asustar.

Los turistas se marcharon, molestos por las formas, pero encantados con el cambio de fantasma. Angelina le sonrió.

—Seguro que no me equivoco si digo que ese fantasma que canta como Elvis tiene un apellido que empieza por ña y termina por pa.

—¡Siempre he querido cantar como él! —añadió Peppe—. A ver si en la próxima película me encuentras un papelín, je,je.

—Cuando terminemos de rodar, mon cherí; deberías dejar este palacio a nuestros queridos Serena y Arnoldo. ¿No te parece que sería el mejor final para una historia de película?

Y para rematar, Angelina Glamour sacudió su espectacular melena y levantó hasta Peppe sus increíbles y sedosas pestañazas.

Peppe se quedó mudo. Y el palacio quedó a disposición del equipo de rodaje, para rodar un final de película.

—Entonces —preguntó Liseta— ¿Serena va a recuperar su palacio y a Arnoldo quinientos años después?

—La nueva Serena lo recupera —respondí—; la antigua, nunca se fue.

¡Y así terminó nuestra aventura veneciana!

Una aventura que comenzó con la falsa desaparición de Amanda y que terminó con los nuevos Serena y Arnoldo reunidos, por fin, y en el Palazzo Negri, quinientos años después. ¡Una maravilla!

Y nosotros nos fuimos pitando a ver cuadros y museos antes de volver de nuestra visita cultural, porque si no...

¡Menuda es mamá!

CONSIGUE EL CARNET DE
La Banda de Zoé

Hazlo tú misma.

1. Recorta esta página por la línea de puntos y pega tu foto en el recuadro.

2. Rellena los datos... y echa una firma en la línea de puntos.

¡YA tienes tu Carnet de La Banda de Zoé!

Ahora sólo te falta un caso por resolver...

La Banda de Zoé

Nombre
....

Me chifla
....

No soporto
....

....

LA PRÓXIMA AVENTURA
DE LA BANDA DE ZOÉ

¡Esta vez nos vamos a México, con lo que me gustan los tacos y el guacamole!

¿Sabías que los pirámides aztecas y mayas guardan muchos secretos? Lo que no sabrás es que el Maya es también un peligroso delincuente al que persigue la policía de todo el mundo y que solo tiene una debilidad: los burritos que le prepara su mamá.

Siempre quise ir a México, y qué mejor manera que viajar con mis amigos: Marc, Liseta, Álex y *Kira*... ¡que se sube en la pirámide más alta y casi se nos vuelve reina azteca! Y no, no puedo contar nada más, o revelaré la historia.

¡Consigue tu carnet de La Banda de Zoé!

www.labandadezoe.es